馬と土に生きる

改装版

石川咲枝

文芸社

カバー写真／著者17歳。愛馬と共に。

私の家の横を流れる小川

馬と土に生きる　もくじ

まえがきにかえて――田んぼ道　7

序　章　馬耕全国大会入賞の感激　19

第一章　馬耕と生きた昭和

一　馬と一緒の農作業　26

二　「やら」見られるな　30

三　紅一点の馬耕伝習会講師　36

四　父を喜ばせた日　42

第二章　弾《たま》の飛ばない戦場

一　馬にも赤紙が来る　50

二　仕事に男女の区別はない　56
三　軍国少女のラジオ放送　61

第三章　父に仕込まれた農作業
一　厳格なネクタイを締めた人　80
二　私は泣かない　86
三　父の選んだ結婚　93

第四章　愚痴を言う間も惜しい
一　人生芝居の開幕　102
二　ひとりぼっちの農作業　105
三　生まれ変わった日　112

第五章　仕事は「ののこ」
一　忘れられない豆腐の味　122

二　おばあちゃんの知恵　125
三　しっかりものの長女　131
四　大地に守られて生きる　136

第六章　さまざまな別れ
一　夫の両親を看取る　144
二　父の大往生　150
三　長女を失った悲しみ　154
四　夫との永遠の別れ　159

終章　いのちにありがとう
一　大自然に感謝　168
二　袖振り合うも他生の縁　173
三　毎日がありがとう　178

まえがきにかえて――田んぼ道

馬耕《ばこう》――といっても、聞いたことがないという人が多いのではないかと思います。馬耕とは文字通り、馬の力を使って田や畑を耕すことです。日本の農村ではもう見られない風景となりましたが、いまでも牛や馬を使って田畑を耕している東南アジアの農村風景をテレビなどで見ることもあるでしょう。

馬や牛を使って農作業をすることを畜力利用農法といいます。日本では第二次世界大戦後、農業への機械化の導入がいち早く行われたため、あまり発展しなかったようです。畜力利用農法が推進されたのは、昭和一〇年代から二〇年代半ば頃まででしょうか。それがちょうど大正一二年生まれの私の青春時代と重なりました。

水田の風景を見るとわかると思いますが、田んぼはただ広大に広がっているわけではなく、畦《あぜ》で区切られて、ある程度の大きさのブロックになっています。

そこに植えられる苗もきれいに一列に並んでいることに気づかれるでしょう。田んぼでも畑でも、作物を植えるときは畝《うね》と呼ばれる土を盛った線を作り、そこへ作物によってそれぞれの秩序をもって並べて苗を植えたり、種を蒔いたりします。そのほうがムラがなく植えられ、収穫するにも都合がいいからです。

米を作るには、ただ区切られた田んぼに水を入れて苗を植えれば収穫できるというものではありません。冬の間、休ませていた田を耕し、肥料を入れ、肥料と土をなじませ、さらに水を引いて土となじませてからでないと苗を植えることはできないのです。馬や牛が活躍するのは、苗を植える前の段階。土を耕して、苗を植える準備をするときです。これももっと昔は人が手に手に鍬《くわ》や犁《すき》を持って人力で耕していたものです。農業はいまでも重労働ですが、昔はもっともっと重労働だったのですね。

土を耕すために馬に犁を引かせるといっても、一定の深さを耕し、規則正しい畝を作っていくには、それなりの技術が必要です。いまでは知る人も少なくなりましたが、伝習会というかたちで馬耕の技術を教えるための講習会も県の主催のもとにさまざまな地域で実施されました。畜力利用農法の推進が叫ばれていた頃には、村単位、町単位、市、県、そして、全国規模でこの技術を競う競技会も盛んに行われていたのです。

戦時下では働き盛りの男の人たちが次々と兵隊にとられていきましたから、農業を支えていたのは年寄りと子ども、そして何より女性でした。人手は足りなくても国をあげて増産を求められる時代です。女性にも積極的に畜力を利用した農業を普及させなくてはならないということで「女子馬耕伝習会」も各地で実施されていました。非力な女性が大きな馬を効率よく扱うのはなかなか困難なことでしたが、それを時代が求めていたのです。富山県でその先頭に立っていたのが私でした。

いまでは富山県でも「馬耕」といっても「知らない」という人がほとんどです。県庁や図書館にもほとんど資料も残っていないとか。そういえば、私の子どもたちにもこの時代のことをゆっくり話したこともありませんでした。問わず語りにその頃の話をすると、子どもたちも知らなかったことがたくさんあります。いま、「こんなふうに農業をやっていた時代もあったんだよ」「私の青春は馬と一緒に生きたんだよ」ということを、農業を継いだ子どもたちにも、農業とは縁が切れて都会に生活するようになった孫たちにも、語り残しておきたいと思います。

田んぼ道

石川　咲枝

山も　空も　景色も　地面も
昔も今も　かわらないところ
私の住んでいる　小出　とみやまし
小さい頃　走った田んぼ道　藁ぞうりをはいて
細い田んぼ道　どろがつき　じゃりがつき
重くなって　どろをたたいて
又歩いて通った　草だらけの道

二月あぜぬりの日
キャハンをはいて　わらじをはいて

うす氷のはった　水の田に出る
土をふむ　立っているのがいたい
動かないとおぼえがない
一生懸命に土をふむ　足をみているひまもない
無言だ　頭の中におばあちゃんの言葉が浮かぶ
それは仕事がののこという言葉だ
それは本当だ　土をふむ
やっぱり仕事はののこだ
一生懸命仕事をするということばなのだ
咲枝　一六歳の春分の日

晴れた日　道を歩く時　順番がある
父　母　私　妹　細い道は何時《いっ》も
一列歩きだ　二人ならびはしない

みんなが　走るように歩いた
みんな若かったね　元気だったね
田んぼ道は　色々知っているよね
稲をかついで　体をまげて　足をしっかりと
歩いた人々のことをね
雨の日の道　晴れ日の道　忙しい日の道
田植え時の道　田の草とりに通る道
なかまを運んだ道　重いものを運んだ日の道
今は心の中にある道です

幼い日　走った道は曲がった道　細い道
穴のあいた道　草だらけの道
馬の足あとの道　人の足あとの道
かけた道　等々

はだしで歩いた道　ツブイでさされていたかった
馬と一緒に歩いた道　スキをかついで
まんがをかついで　たづなをもって
馬が私をかばってくれているように思えた
馬のたづなが私をかばってくれた
ころびそうだった
今おもうと　あのころを思い出し
若かったなあと思い出す
稲刈りの朝　くらい　細い道　草がしるしだ
なかまをもって行くとき　一番遠い田んぼ道
せなかに　おひつをかついでた
やかんに熱いお茶をもって
ころばないように　気をつけて早く歩いた
妹と二人で　みんなで食べた　田んぼでの御飯

ツブイ……草の根

みんなの顔は　汗でひかっていた
腹一ぱい食べた
帰り道　軽くなった　おひつとやかんをもって
妹と歩いた　細い道

土の中へ素足で　はいると
寒い時はあたたかく　暑い時は冷たい
堀ぬきの水と　一しょだ
人間って良いことばかりしないね
悪いこともすることもあるが
土の中に足を入れてみると
土の中から体に伝わるものがある
それは自分が生きている　立っている
今伝わっているものが　ひしひしとわかる

深く足をいれると　この田んぼは砂地だ
このあたりはねん土だがまだ砂まじりだ
人間生まれて来ておもうに
足を地中に深く入れて　感じる幸せ
体から学ぶものだと　わかった時　よろこびがわいた
自分の体が聞いた　地中からの生きている　声だと思った
生まれて来た以上　どんなことがあっても
悪いこと　それは親に心配をかけないということ
みんなが　こんな気持ちになって
大きくなっていければ　良いのにと思った
すると仕事が　どんどんすすんでいってたのしかった
若い日のこと　でも仕事のいやなことも多かったよね

母57歳（左）、私32歳。さつまいもの畝作り。苗600本植える

地主の家で昼食（右から父、私、母、地主さん）

序章　馬耕全国大会入賞の感激

「高松宮様が来られます」というアナウンスがあったそうです。

私は夢中で馬を操《つか》っていたので、まるで気づきませんでした。見物の人たちはみんな緊張していたそうですが、大会委員長でいらした宮様は、左右をちらちらと見ながら通っていかれました。広いところで大勢の人が馬や牛を駆《つか》って畝を起こしているのですから、次々と通り過ぎて見ていかれたのです。

ところが私の地盤のところまで来ると七分間、立ち止まられたとか。

「ちゃんと時計、見とった。こんな光栄なことはない」

県庁の技師をなさっていた池内さんが、のちに「涙が出るほど嬉しかった」と、私の肩を叩いて一緒に喜んでくださいました。若い小柄な女性が大きな馬を操っているのを見て、宮様も驚かれたのかもしれません。

黒山のような人の波が、私が馬を進ませていく方向へどっと流れていくのがわかりました。こちら側から向こう側へ、馬を返して向こう側から戻って来ると海の波のように人並みがうねって続くのです。大勢の人に見物されながら馬を使って畝を起こす馬耕のコンテスト、神奈川県で行われた「馬耕競技会全国大会」は本当にたくさんの人、人、人の波でした。

農耕馬を使って、決められた時間内に幅、長さ、深さをきちんとそろえた三《さん》畝《せ》のまっすぐな畝をつくる競技が「馬耕競技」です。私がこの競技会に参加したのは、昭和二七年、農村にもそろそろ機械化の波が押し寄せる頃で、畜力利用農法の推進のために行われていた馬耕競技会全国大会も最後の年を迎えようとしていました。

この大会の参加資格は三〇歳まで。三〇歳を超えるとどんなに上手な人でも出場することはできません。二九歳になっていた私は、最後のチャンスということで、富山県代表としてはるばるこの大会にやってきたのです。結果は、優勝こそ逃したものの、三位入賞でした。

表彰式では優勝した人よりも先に講評を受け、まっさきに「とても残念です」といわれました。深度（畝の深さ）が、規定にほんのちょっと足りなかったための減点で三位。それができていれば、完全に優勝だったそうです。三畝の畝の中心、縁、両端と計測していくのですが、一部に規定の深度七〇センチにほんの少しだけ届かないところがあったとか。厳しい審査でした。

それでも女性である私が、しかも初めて出場した全国大会で入賞できたことは大きな喜びとなりました。大きな体の男の人が決められた時間の中で三畝が仕上がらなかったり、馬が暴れてどこかへ飛び出していったり、棄権する人もたくさんいたのですから。

県庁の関係者の方々も我がことのように喜んでくださいました。「富山県としては一番の誉れだったなあ」と、いまから思えば過分なほめ言葉をたくさんいただきました。

競技に使う馬は抽選で決められます。どんな馬にあたるやら、冷や冷やしていたのですが、幸いとてもいい馬にあたりました。その馬主は神奈川県の人でしたが、驚いたことには父の知り合いだったのです。「俺の馬に当たったの、お前か。運がよかったな。この馬は素晴らしい馬だから、手綱《たづな》はいらないくらいだ。手綱に気をつけて」と、アドバイスしてくれました。

足の速い馬でした。隣の馬がちょこちょこと歩いていたのに、その馬は力強くざっざっと歩みを進めていきます。馬の歩くスピードが速いと、畝の泥もポンポンと勢いよく飛んできます。手綱を絞ってちゃんと馬に意思を伝えないと、自分の足が遅れて力が逃げ、前のめりに泳ぐような格好になって馬に引きずられてしまうことになります。馬の足が速いとついていくのが一苦労です。

いつも左右の脇をしっかり締めて、まっすぐな姿勢で歩行しなければなりません。どんなに泥がたくさん飛んできても、この姿勢を崩してはいけないのです。私はその姿勢を父親に教えてもらいました。脇をしっかりつけて、手綱は手に巻きつけるようにもちます。ゆるめるときは指を小指から順番にゆるめ、引き締めるときは逆に人指し指から順に締めていく、という微妙な操作です。そのくらい丁寧な手綱さばきをしないとまっすぐな畝にはなりません。

私の横で競技に参加していたのは新潟県の人。付き添いの技師は富山から新潟に移った人で、この人も父の知り合いだったそうです。「お前の娘だったのか。僕がこの手綱さばきを教えても誰もできんかったよ。するものがおらんかったよ。お前の娘はこれをしとったなあ」としきりと感心されていたとか。

最初の筋を立てるとき、畝の中心を決めるときにその線が少しでもゆがんでいたり、大小があったりすると、出来上がりはなんともお粗末なものになってしまいます。家の田んぼを起こすときは、多少ゆがんでいようが幅が違っていようが起こしさえすればいいのですが、競技会になるとそういうわけにはいきません。誰かに手伝ってもらうことも禁止です。自分で目印を見つけて方向を決め、歩数を測って頭に入れて、馬を歩かせて行きます。そのときにゆがんでしまうと、最後までまっすぐにはなりません。馬を引くだけが技術なのではなく、それも重要な技術です。そのときの私は無我夢中、ある意味では「くそ度胸」でやり抜いたといってもいいかもしれません。私があのすごい馬を使って三畝の畝を作ったのは、私に馬耕を教えた父も驚いていただろうと思います。

第一章　馬耕と生きた昭和

一　馬と一緒の農作業

春になると、田んぼで元気な馬のいななきが聞こえてくるようになります。昔の農家では馬がいちばん大事な労力だったので、家の入口、玄関の横に馬小屋があったものです。家で馬をもっていることを「丸馬《まるうま》」といいます。馬をもたない農家は、そこから三日、五日と馬を借りていくのですが、日程が重ならないようにうまく調節をして、借りていく日を決めます。馬を借りる日は「馬番」です。私の実家は丸馬だったので、一年中、いつも馬と一緒の暮らしでした。

田に水がはられて田植えの頃を迎えるまでに、一日中、馬の後ろで何十里の道を歩くことでしょう。馬を使うときにはそれなりの歩き方があります。裸足で親指にピッと力を入れ、やや内股でしっかり大地を踏みしめるように歩を進めていきます。天気のよい日ばかりではありません。雨の日は足下が滑りますから、よりいっそう親指に力をこめ、同時に丹田にもぐっと力をこめて歩くことになります。毎年、足の爪が生え替わります。実際は、爪が削れて生え替わるのですが、まさに足の指全体が生え替わるような気持ち。足がまっ赤になろうと血がにじもうと、痛いとか苦しいとかは言っていられないのです。

片手に馬の手綱をまとめてもち、肩には犂《すき》を担いで細い田んぼの畦道を歩いて行きます。朝露に光った紫雲英《しうんえい》（レンゲソウ）が一面に敷きつめられた田んぼに描かれる一本の線、馬と私の一日はこのまっすぐな線から始まります。

紫雲英は春になると紫のきれいな花を咲かせます。根っこには玉がついており、これを田んぼの肥料にしていました。窒素です。田を起こしてかまぼこ型の畝にするのは、紫雲英を土に埋めて蒸し、肥料にすることが目的です。競技会では紫雲英をきれいに隠さなければなりませんが、普通の田起こしなら泥が蒸せればいいわけですから、それほど神経質になることもありません。紫雲英を混ぜ込んだ土をかまぼこ型にして、最後に泥をかけて畝を整えていきます。

田んぼに川の用水を入れる日は決まっています。村全体でいっせいに水を入れるのですから、間に合わないから私だけ遅くしてほしいというわけにはいきません。それまでに仕事が遅れないように馬番を決めます。一日に一反引けるとすると、一町の場合一〇日間が必要でしょう。三町もっていたら一か月の馬番です。田んぼの面積によって、水が入るまでに田を起こす予定を決めていきます。

田起こしが終わると、今度は返し田といって作った畝のかまぼこを崩して土を平均にする作業があります。その間の田んぼは、泥が乾いて岩のようになり、大きな泥のかたまりがそのままひび割れて横たわっています。それを馬で返していくと、その岩のようなものが足の上に落ちてきたりもします。当時はみんな裸足。地下足袋などは、終戦後にやっとでてきたもので、田んぼに入るときは裸足です。モンペをはいて、脚絆《きゃはん》を巻いて、そして裸足。朝早く行けば露でびしょびしょに濡れるでしょう。それが乾いて、乾いたところに岩のような泥がかかり、足は泥色。手も顔もみんな泥と一緒です。娘ざかりの一六、一七でも馬と一緒、身なりなどかまっている時間はありませんでした。水が入る日に間に合わせるためには、痛くとも汚くとも、耐えてなんとか乗り越えなければいけなかったのです。

そして、いよいよ水の入る日を迎えます。田に水を張ると、今度は「あらくり」という作業が待っています。砕土機《さいどき》をぐるぐると馬に引かせて水を入れた田を平らにしていきます。土と水を混ぜて、やっと水田になります。

水を入れてしばらくなじませると、今度は「しろかき」です。しろかきとは田植えの前の仕上げ。田んぼに高低がないようにきれいに馬でならしていきます。低いと思ったら馬の力を借りて泥を低いところへもっていく、高いと思ったら削っていく、それを見抜く目も技術です。

私の家は丸馬でしたから、田んぼ仕事のほかに馬にやる草刈りにも行かなければなりません。馬の餌は、夏は青草も食べさせますが、一年を通じて干し草が中心。ちょうど田んぼ仕事の忙しいときと、草刈りの時期が重なり、この時期は寝る暇もありません。

馬の草は常願寺川の堤防まで刈りに行きます。早く行かなければ他の人に刈られてしまいますから、これはもう競争です。一二時に起きていかなければなりません。「行くぞ」と父親に起こされて、鎌を担いで出発です。河原は真っ暗で、月明かりの下でせっせと草刈り。どこに鎌をあてればいいかなどは、慣れと勘に頼るしかありません。そして、荷車にいっぱいの草を刈って家に帰る頃、ようやく夜がしらじらと明けてくるのです。毎日、刈ってきた草は一日では乾燥しませんから、生、半乾き、乾いたものと、混ぜないように並べて干していきます。

二 「やら」見られるな

馬と一緒に田んぼに出るには、まずくつわ（手綱を付けるために馬の口にはめる金具）をかけなければ仕事に行くことができません。

はじめのうちは父がくつわをかけてくれていたので、私はただ鞍《くら》をおいて、右肩に犁をかついで、左手に両方の手綱をもって、田んぼまで馬を歩かせていけばよかったのです。そして、田んぼについてからは馬を操《あやつ》る技術を父に教えてもらっていました。

小学校高等科を卒業したばかり。一四歳の頃ですが、馬がこわいなどとは言っていられません。馬よりもずっとこわい父親が一緒です。父が馬を扱っているうちはいいのですが、父が離れると馬はすぐに踊り歩きする、後ろ足で立ち、しまいに駆け足する……。父は「やら見られるな」と言ってそこを離れます。「やら」というのは、顔色、人間性、人柄というようなものでしょうか。馬は使い手を見て、これは何してもいいぞ、自分の好きなようにしてもいいぞ、と思うのです。「やら見られるな」どころか、すぐ「やら見られて」しまいました。

そのうち、父は私を置いて朝からさっさと別の用事で出かけてしまうようになり、そうすると、くつわをかけるところから、私は全部ひとりでやらなければならないことになります。父にはちゃんと馬小屋から首を出してくつわをかけさせる馬も、私には尻を向けて知らんぷり。くつわをかけないことには田んぼに出ていくこともできません。時間はどんどん過ぎていきます。くつわをかけられなかったとか、今日はこれだけしかできなかったなどということは父がこわくて言えません。「そうか、それはえらかったな」などとねぎらってくれるような人ではありません。叱られるばかり。こわいから、どうしてもこれをしておかなければというのがまっさきで、弱気になっている間もありませんでした。

尻を向けている馬にくつわをポーンと投げて、こっちに来るように引っぱります。馬はどんどん奥へ入っていってなかなか出て来ません。「きょう一日、あんた頼りだから、頼むこっちゃ、頼むこっちゃ、私の言うこと聞いてやって」と一生懸命、馬に向かって話しかけていました。何度かそういうことを繰り返すうちに馬も慣れ、私も慣れて、私の言うことを聞いてくれるようになりました。毎日のことですから、馬もこれは従うべき人だということがわかってくるのでしょう。これから馬と私との二人三脚の始まりです。

馬も一日、朝から晩まで何十里歩くのでしょう。なかま（軽い食事）を食べるときだけ休み。食べたかなと思ったら、またくつわをかけて仕事です。競馬の騎手でも、ゴールをめざすときに一生懸命ムチをふるいます。農耕馬も同じです。馬を速く歩かせるときは、ピシャンと手綱でぶちます。私はいまでも競馬のテレビを見ると、この頃を思い出して楽しくなってしまいます。

馬はとても賢い動物です。人間と人間でもなかなか心を合わせるのは難しいことですが、動物と人間の心を一体にして働かなければなりません。馬が人間の気持ちをくみとってくれて、自分がこの人と一緒に働こうと思ってくれなかったら、くつわ一つかけさせてくれません。馬をただ田んぼに連れて行って、これで終わりではないのです。手綱をもつ指を曲げるか伸ばすかだけで、一本の線がまっすぐになるか、ゆがんでしまうかが決まります。行って戻ってくるときは後ろにさがらせ、馬をまわさなければなりません。指を伸ばしたり、縮めたり、手綱が正確でないと馬は上手に仕事をしてくれません。人馬一体となって通じあわなければならないのです。その技術を発揮するには、姿勢も崩せないし、歩き方も覚えなければなりません。

出足と終わりには犁が浅く入りがちです。入るときは馬に負けると浅くなります。馬に負けないように犁をぎゅっと押して進まなければなりません。止めるときは馬の力を利用してポンとあげます。何ごとも始めと終わりが大切。私はそういうことを、みんな父から教えてもらいました。

一年に何回か、馬が犁をひっかけて道路に逃げてくるのを見かけました。手綱を離してしまったからです。大きな男の人でもときにはそういう失敗をします。犁を引きずりながら馬が道を走っていくと、きちっと縛ってある犁がドン、ドンと道路にぶつかります。それが馬の足や体にささると大けがをすることになります。だから、手綱は決して離してはいけないのです。

馬が田んぼからあがってきたら、お湯を張った馬だらい（馬の足洗い桶）へ入れて足を洗います。前足を洗ったら、今度は後ろ足をその桶の中に上手に入れなければなりません。後ろ足を抱いて桶の中へ入れるのですが、馬が私を信用しないとそういう行動はしてくれません。そのお湯を沸かしてくれるのが私の祖母でした。お湯を沸かすといっても昔のことです。釜をさきに火にかけて、柄杓《ひしゃく》で水を一杯ずつ運んで沸かすという大変な仕事。それを文句一つ言わないで毎日やってくれたのです。

帰ってくる頃には足の馬鉄（蹄鉄）の中に泥がいっぱい詰まっています。馬は足が宝、いちばん大事なのが足です。爪の間に泥をつめたままにしておくと熱がたまって疲れがとれません。自分の膝の上に馬の足をのせて、中につまっている泥をきちんととってやります。

次は馬体のブラシかけ。汗で塩分が出て、鞍の下が真っ白です。

まず藁《わら》で塩分をとって、ブラシをかけてから馬小屋へ入れて水を飲ませます。水は一斗《と》ほど飲みます。飼い葉を切って、そこに塩をたっぷりと混ぜて餌として与えます。人間はお米を食べて、魚や肉を食べて力を出していますが、馬は草だけでしょう。「草だけでこんなに力を出すのだから、えらいもんだなあ」といつも思っていました。餌には干し草のほかに藁とエン麦《ばく》や豆殻などを混ぜます。穀物をやってはいけないそうです。

いまだったらボタン一つで機械が動きますが、この頃は馬と一心同体にならなければ

なければ力を合わせて農作業はできなかったのです。「私の馬もこういうふうにして言うことを聞いてくれたのだなあ、こんなか弱い女性の言うことを聞いてくれたのだなあ」と思うと感無量です。

三　紅一点の馬耕伝習会講師

その頃は馬耕の競技会も盛んでした。村の競技会があり、よい成績を修めると、次は富山市、そして県の競技会へと進んでいくことになります。私は富山県の競技会でも一等をいただき、母が競技会用の服をつくってくれました。黒い繻子《しゅす》の衿をつけて、帯をして、もんぺをはいて、れっこ（袖無しのチョッキのようなもの）を着て、そういう格好で競技会に出ていました。

父の教えてくれた要は「絶対に手綱を放すな」ただこれだけ。「手綱を弛《ゆる》めたらやら見られる。張っとけ」。馬が力を入れるときは首をシャンと立てます。手綱を弛めると首がだらんとさがっていうことを聞きません。手綱をしぼって小さくピッと打つ、こういう要だけを父が教えてくれました。私は、一度注意されたことは二度と注意されまいと、心に誓っていました。小さいときから意地っ張りだったのですね。どんなつらいときでも、涙をみせたことはありません。

競技会で優勝したりするものですから、馬耕伝習会の講師をしてくれという話が舞い込んでくるようになりました。畜力利用農法を普及させるために、馬耕を教える伝習会というものがあったのです。伝習会では犁を引く生徒に最初は私がついて歩きます。二、三往復する間に自分で調子がわかってくると生徒だけで引かせるようにします。一日に五〇人か六〇人、馬も何頭か来ています。戦時下ですから、教える相手は若い男性のいなくなったあとの農村の労働力、高等科の生徒や女性です。女子馬耕伝習会というのもありました。

伝習会で馬耕を教えるために富山県中を歩きました。富山県は広いですから、まさに東奔西走です。両礪波《りょうとなみ》（当時は東礪波《ひがしとなみ》、西礪波《にしとなみ》）、下新川《しもにいかわ》、中新川《なかにいかわ》。県庁農産課の池内さんと一緒にきょうは礪波、きょうは氷見《ひみ》、きょうは婦負《ねい》郡といった具合です。水橋《みずはし》駅を何時の列車に乗るからという待ち合わせをしたり、近いところへは自転車で出かけたりもしました。

知らない土地へ行くからといって不安をもつとか、おどおどするようなことはありませんでした。馬は自分の田んぼで毎日、使っているわけですから、一八、一九歳ながらどこへ行っても大丈夫という自信はありました。八年間、馬耕を教えて富山県中を歩きました。馬耕を教えることには何の不安もなかったのですが、自分の家の田んぼをしながらのこと、とにかくいつも忙しい私でした。

女性で馬耕を教えていたのは富山県では私ひとり。馬を使うといったらどんな大女が来るのだろうと思った方も多かったようで、いろいろなエピソードがあります。

ある日、橋下条《はしげじょう》というところで伝習会がありました。水橋から列車に乗って小杉《こすぎ》駅で降りると道が二股に分かれています。左のほうへ行きなさいということだったので、左へ歩き出すと、道の両側に若い農協の人が立っています。

私が間違わないように案内に来てくれた人たちかなと思って近づいていきました。

もう後からは誰も降りて来ません。その人たちは私を呼び止めると「あんたはきょう、橋下条の馬耕の伝習会行く人でちゃないでしょうね」というのです。「ないでしょうね」というところに力を込めて念を押すように。「私です」といったら、とてもびっくりして「あとに誰もおらんから、この人に聞かなけりゃあどうにもならんのう、思うて聞いたんだけど」と。「こんなちっちゃな人の、どうして田んぼ起こすのかと思った」と言われました。不思議で不思議で、なにか間違いがあったのかなあと思ったとか。

伝習会の会場へ行くと、そこには意地悪なおじいちゃんたちが待ちかまえていました。馬車馬を用意しているのです。馬車馬とは荷車を引く馬で、農耕馬よりもいっそう馬力の強い馬です。その馬車馬に「あま」から降ろした錆びた犁。「あま」というのは昔の天井裏のようなところで、そこへ薪や炭、いらないものなどをしまっておいたところです。もう使っていない錆びた大きな犁を降ろしてきて、「これでちゃ、引けんまいろうが」と言わんばかり。「こういうもんが引けんもんなら先生ちゃいわれんじゃろうが」と。そういう困らせてやろうとする試しのようなことは、ここばかりではなくあちらこちらでありました。

県庁の技師の先生方は、実際の現場では付き添いとか説明ぐらいで手綱をもったこともほとんどないような方です。こわがって手綱をゆるめるものですから、馬は躍りはじめます。まずヒヒヒーンといなないて立ち上がり、蹴《け》り、それから駆け出します。そうなると技師の人にはどうにもなりません。馬に引っぱられて収拾がつかなくなってきます。そこで私がまず手綱をつめて、ピシャッと一発、ムチを入れるのです。薄ら笑いを浮かべていた人たちも「こりゃこりゃ、かなり……」という感じだったろうと思います。でも私はそんなことよりも、うちへ帰って父に今日はどうだったか聞かれ、点数をつけられることのほうがずっとこわかったのです。

どの馬でも扱いは一緒。ピシャッとしてやればちゃんということを聞きます。

手綱をだらっとしていると、これは「やら」弱いなあと思っていうことを聞きません。賢い動物ですから手綱の加減をしっかりと見抜きます。ムチも大きく振らずに、ピシャッと響くように叩くのが秘訣です。

そして馬を使う言葉があります。右は「せー」。右側へ行きたいときは手綱と一緒に「せー、せー」といいます。左は「さす」、止まるときは「どお」、後ろにさがるときは「あと、あと、あと」と言います。馬はちゃんと手綱と一緒にさがってきます。馬は博労（馬・牛の仲買商人）を通じてあちこちに移動しますから、地域によって言葉が違うと馬も混乱するでしょう。だから、北陸地方ではどこでも共通の馬言葉を使っていたようです。

朝一番の列車で行って、最終列車で帰るのもたびたび。もうあたりは真っ暗、そしてずぶ濡れになって帰ってくる日もありました。明日もまた一番で行かなければならない、そんなとき、着ていく服の替わりがないので、母が七輪で乾かしてくれました。そんなことをしながらも、できるだけみんなが上手になってくれればと思うと、つらくはありませんでした。

四　父を喜ばせた日

講習会は全国規模で行われていました。岐阜県や三重県、北陸などで馬耕を教える人のための講習会が開かれていました。茨城県などにも上手な方がいらっしゃったと記憶しています。

三重県へ行ったときにはなんと山が多いのだろうと驚きました。富山は前に立山連峰を見ていますが、広々とした田園地帯だからです。伊勢では山を一つ越えて馬を借りに行かなければなりませんでした。誰も馬を取りに行ける人がいないのです。ただ講習だからというので来ただけで、実際に田を起こしている人はほとんどいません。しかたなく私が山を越えて馬を借りに行き、そして今度は田の起こし方を教えることになります。

そのときの馬事会の会頭さんが父の知り合いでした。父も自分で考案した鞍の作り方を教えるために全国を歩いていたのです。私はびっくりして、恥ずかしいような気もしました。その会頭さんが私に日の本二段で「模範犁」しなさいと言うのです。みんなの前で基礎から全部みせることを模範犁といいます。私は、「はい」と言わないわけにはいきません。会頭さんの説明に合わせて馬耕の実際をやってみせることになりました。

県庁の方々を差し置いて私に講評しろといわれたこともあります。ぐじぐじ(ぐずぐず)としているわけにもいかないので、ちゃんと台の上に登って講評しました。

「はじめは馬を怖がった人も、犁をもったこともない人もいましたが、時間がたつと次第に一往復、二往復、三往復、四往復と、だんだんと上手になってきました」。

帰ってから父に報告すると「それでいいが。まずほめることも大事だ」と言います。自分の娘をほめたことのない父の言葉でした。

この時代の私は紅一点。だからこそ富山県で四人しか出られない全国大会へも行けたのでしょう。この程度で行ってもいいのかなあと思っていたのですが、紅一点などと新聞にもたびたび載せられるようになってしまいました。結婚前の青春時代に、富山県はもちろん全国を歩いて、見聞を広げられたのは、馬耕のおかげと言っていいでしょう。

全国大会に参加したときは神森《かんもり》さんという神奈川県の農家に泊めてもらっていました。神森一家は歓待してくださったうえに、競技会の当日はおかあさんがお赤飯をつくり、神棚にお供えして成功を祈ってくださいました。賞をいただいてきたら、富山の人ばかりではなく新潟の人やら神奈川の人やら、みんながお祝いに駆けつけてくださり大入り満員。ずいぶんご迷惑なことではなかったかと思いますが、嫌な顔ひとつせずに、一緒に喜んでくださいました。

うまくできると最後の仕上げの線が一直線になって、畝がピカッと光ります。宿を訪ねてきた新潟の技師が「誰にこれを教えても、最後までできるもんちゃおらんかった。お前の娘ができたなあ。ようあれを仕込んだなあ」と何度も父に向かって話をしていました。他人をほめなさいといつも言っていた父ですが、私のことはほめてくれたことがありません。そのときもほめ言葉をもらったわけではありませんが、叔父が「とっとや、今日は最高だのお。こんなうれしいことちゃ、一代にもないじゃ」と言うと、普段は厳格な父もさすがに顔をほころばせていました。

農機具販売の人が、見物人の話やら宮様の話やら、富山に帰ってから一週間も近所の人に話し続けてくれたそうです。この人の奥さんが「涙でたよ。あんたえらかったんだってね。こういうことっちゃ、ほんとにあわれんことで」とほめてくれました。「そこの見物の人の中でね、あれはうちの嫁にもろうていかなきゃならんいうてね、俺とこだ、俺とこだという列ができた」とか。

そのとき私はもう三人の娘の母だったのです。表彰式が終わって、泊まっている家へ歩いていくときに男の人がいっぱい後ろから歩いて来たことには気づいていましたが、父はもしものことがあったら大変だと思って、私を先に歩かせ、両手を広げて「帰れー、帰れー、帰れー」と叫んでいたそうです。父はあまり話をしない人なので、このようなエピソードを私は当時まったく知りませんでした。

映画に出演してくれという話もあったそうです。『日本農業雑誌』というところから映画にしたいという依頼があったものの、私の父はけんもほろろに「ならん、帰れ」と。「一週間で家に帰るというとんがに、お舅さんにどうお答えすりゃいいやら面目ない。終わったらすぐうちへ帰らにゃならん」というのです。その話も私はずっとあとになってから聞きました。父にしてみれば全国大会も今年で終わりだから、どうしても出させてもらいたいと、嫁に出した娘を借りてきたという気持ちだったのでしょう。婚家へ父が頭を下げ、県庁からも頼みに来たというので、私は全国大会に出場することができたのです。その借り物のような娘を何日間もかけて映画にとるなどという話はまっぴら（とんでもない）。そしてそういう人たちに対しても「帰れー、帰れー、帰れー」と怒鳴りまくっていたらしいのです。

昭和二七年のことです。いまは農作業も機械化が進んでいて、馬や牛を使って農作業をしていた頃のことを知る人も少なくなっています。昭和三〇年になるともう畜力を使う農業は廃り、どこの農家でも耕運機を使うようになりました。映画にしてもらっていたら、昭和初期の畜力農法の記録としても貴重なものが残ったのかもしれません。

それでは農業雑誌の表紙にだけ載せさせてくださいということで、掲載されました。いつだったかそれを夫に見せたのですが、夫があんまり大事にして、しまい込みすぎて、どこにあるのやら、わからなくなってしまいました。亡くなった夫の遺品整理をぼちぼち始めようかと思っていますが、思わぬところから出てくるのではないかと楽しみにしています。

講習会で出会った先生方や全国大会に参加した方々に、他の人の経験できないことをしたのだから「記録とっとかれ」と言われたり、「みんな書き残しとかれるほうがいいぞいね」と言われたこともあります。ところがその頃の私は、家の田んぼ仕事もしなくてはならないし、朝に晩に伝習会にも行かなくてはならないし、身体は疲れるし、忙しくて書き残すどころではありませんでした。

第二章　弾《たま》の飛ばない戦場

一　馬にも赤紙が来る

戦時中は人の召集はもちろん、馬の召集もあったのです。田んぼを起こす大事な馬が二頭、召されて行きました。昭和一三年（一九三八年）の支那事変（日中戦争）から一六年（一九四一年）に勃発した大東亜戦争（太平洋戦争／第二次世界大戦）が終わるまで八年間、一五歳からちょうど結婚した二三歳のときまで、私の娘時代は戦争とともにあったともいえるでしょう。

私の愛馬が召集されました。父が金沢の連隊まで、馬の餌をもって、何日も歩いて連れていきました。金沢について、父と別れるとき、馬が泣いたといいます。涙を流したと……。馬はちゃんとわかっているのですね。昭和一七年か、一八年頃のことだったでしょうか。結局、その馬は帰ってきませんでした。戦場で大砲を運んだり、荷物を運搬したりしていたのでしょう。

農繁期だから召集に応えられませんというわけにはいきません。いちばん忙しいときでも、召集された馬はすぐに連隊へもっていかなければならないのです。けれども農作業にも馬は必要です。召集された馬の代わりに別の馬を飼うことにしました。新しい馬に慣れるのは私も大変、馬も農作業に慣れるのに大変。でも、農村では増産のかけ声の大きかった時代ですから、脇目もふらずに新しい馬での仕事がはじまります。結局、この馬も召集されて二度と戻ってくることはありませんでした。

馬耕は私に課せられたことでしたから、一生懸命でした。一心不乱だったのでしょう。田んぼを起こして、返し田をして、まんが（馬鍬）、あらくり、しろかきと一枚の田に五回、馬と一緒に入ります。爪が減って、足の爪が一〇本ともみんな生え替わりました。いまではもう、そういう経験をした人はいないでしょうね。

そして、やっと田んぼが水田（みずた）になります。仕上がった田をみると、「きれいだなぁ。ああ、ここまでできた」と、これまでの苦労が吹き飛ぶような嬉しさでした。

田に水が入ると今度は田植えの準備、枠転《わく》がしです。いまは田植機ですが、昔は枠といって、定規のようなものを転がして筋をつけ、植える位置を決めていったのです。田植えもいまは機械が苗を自動的に出しますが、決められた位置へ苗を三本ずつ、手で素早く植えていくのがこの時代の田植えでした。右手が機械でいえばアームで、左手が苗を押し出す装置。両手が連動してこそ素早い田植え作業ができます。どちらかに故障が起きると後れをとることになります。

田植えをする人は「そうため」です。早乙女という意味でしょうが、このあたりでは「そうため」と呼んでいました。田植えは競争です。腰をのばしたら人に負けてしまうので、どんなにつらかろうが腰を曲げながらせっせと植えていきます。上手な人の動作を盗み見ながら勉強。誰も手を取って教えてくれる人はいません。

早乙女を頼んで五、六人が用意ドンで田植えを始めます。四町の田があれば、田植えに必要な延べ人数は四〇人ほど。三、四日間で田植えを終わらせなければばなりません。まさに弾の飛ばない戦場でした。

嫌だ、嫌だと思いながら仕事をすると、鎌で手を切ったり、犁でケガをしたりします。そういう気持ちは親にはわかるらしく、「嫌々したからだ。嫌々するからそういうことになるがだ」と、そこでまた叱られなくてはなりません。少しでも弱音を吐こうものなら、父から叱咤がとんできます。

「めそめそするな。戦場の人は弾の中で仕事する。ここにゃ、弾は来んぞ」

田植えが終わると田の草取り。その頃は除草剤もありませんから草取りは大変な作業でした。お盆は地獄の釜も休む日だからと、お盆ぐらいは田んぼ仕事も休みましたが、その日もお墓参りと破れた服のつぎあて。完全な休日というのは一日もありませんでした。

私はその時分は「でぶっち」で、馬を使いますから腕も筋肉がピシッとついて、足の太い太い……。それを父は自慢にしているのです。馬を使うにはそのほうがいいといって。女の子の美醜を「みよい」とか「みたくさい」と富山の言葉ではいいますが、私はその「みたくさい」ほうの先頭に立っていました。

顔も日に焼けてまっ黒です。とはいっても、そういう体力があったからこそ、馬の後からへこたれもせずについて歩いて行けたのだし、いまも元気でいられるということもあるのでしょうね。

一八、九から二〇歳ぐらいといえば娘盛りともいえる時期ですが、きれいにしようなどと思っている時間がなかったのです。泥色の太い足をみれば、「あぁ、ひどいなあ」とは思ったものの、いまと違って外へ遊びに行くなどということもありませんでした。戦争中は「非常時」といわれて、遊びに行くどころか派手な赤い服なども着ることはできませんでした。声高らかに歌うことも禁止。私も姉妹たちも歌は大好きで、小さい頃は唱歌などを楽しく歌っていました。でも、戦時中は口ずさむこともできません。音楽といえば軍歌、それ以外の音楽はすべて禁止です。

戦時中はシラミにも閉口させられました。兵隊さんたちが復員してくると、みんなシラミを連れてくるのです。学校でみんなにＤＤＴをかけてシラミ退治です。いまでは頭から殺虫剤をふりかけるなどということは考えられませんが、昔は髪が真っ白になるほどにＤＤＴをふりかけたものでした。シラミとノミのいなかった家はなかったでしょう。白いシーツにはノミの血が点々としていました。髪の毛一本にずらーっと虫の子が下がっているような子どももいました。我が家では、母が梳《す》き櫛《ぐし》で子どもたちの髪を梳いてくれました。すると、虫の子がパラパラと落ちてくるのです。嫁に来るときにもってきた私の梳き櫛を夫が自分の頭のほこりをとるのにちょうどいいといって大事にしていました。不思議なところで役に立ったものです。

都会の人に比べれば食べるものには不自由はしなかったかもしれませんが、自分たちが収穫したものでもいい米はみんな国に供出したければなりませんから、家ではくず米を食べていました。肥料の配給もないので、自分たちで馬の糞《ふん》などで作ったたい肥を入れて、歯を食いしばって田んぼ仕事をしていました。戦場の話がラジオから聞こえてきます。また勝った、また勝った……しまいに勝っていなくても、勝った、勝ったという話が放送されていました。

浜が近いから水橋《みずはし》の先の日本海から敵軍があがってくるというデマも飛んで、

町の人たちは竹槍《たけやり》訓練などもしていたようです。私たちは田んぼが忙しいので話に聞いただけで参加はしていませんけれど。こういう昔のことはどこにも史料が残されていないし、語る者もみんな高齢になってしまいました。男の人は軍隊に行っていた人が多いので、銃後の田仕事を知っている人は本当に少なくなりました。

二　仕事に男女の区別はない

小学校高等科を卒業する頃、私は学校の先生になりたいと思って師範学校を受けるための勉強をしていました。ところが父の方針は、「百姓の子は百姓。百姓の子に生まれとって、学校とか学問とかそんなこっちゃいらん」。農家に生まれたら、農家に嫁げばいいのだと。学校からも願書を出しなさいと毎日のように先生が説得に来るのですが、がんとして受けつけません。そういう昔の人だったのです。父の言いつけにしたがった私は、結局、学校には行けませんでした。行きたかった学校へ行けなかったのと、重労働の田んぼもしなければならないということで、本当のことをいうと「なんで……」と思ったこともありました。

男の人はみんな兵隊にとられ、農村にも男手が不足していました。私に二〇歳下の弟が生まれたのは戦争も終わる頃で、私たちは四人姉妹。男の兄弟がいて出征している家は「誉れ高い家」、女は兵隊に行けないから「銃後の守り」と言われていました。父には男の子がいないから、私に田んぼをさせれば少しでもお国のために役に立っていると思ったのでしょう。それを私ができないと言ってしまえば、父も生きがいがありません。私は田んぼ仕事を頑張ろうと思いました。

実際、頑張りました。あまり丈夫でなかった母も一生懸命に田んぼ仕事をしていましたし、親をたてることができなければ、自分が自分らしくいられないと思いました。学校を断念したのも、私がいなくなったら、その後の仕事は誰がするのかという田んぼに対する責任感のようなものを感じていたからでもあります。

農家は太陽とともに一日が動きだします。いちばんの関心事は「きょうの天気はどうかなあ」ということ。いまは干し草も機械で乾燥させることができますが、昔はみんなお日さま頼りです。お天気だと嬉しくなり、太陽に合掌して仕事を始めます。

いちばん日の長いときは、朝三時には田んぼに出ます。馬の餌になる干し草を貯えるための草刈り仕事のあるときは、一二時に起きなければなりません。父が私たち姉妹を起こして、「行くぞ」というのですが、妹はなかなか目が覚めないのです。私はパッと起きて準備して出かけます。手の掛からない子だったのでしょう。草を刈るにも父と同じように仕事ができました。

私は女の子だったけれども、やっている仕事は男の子と同じです。父は仕事に女の仕事、男の仕事という区別はないというのが口癖でした。

「これは決まったものでないがだ。だから女だってこれ、できんちゅうことはないがだ。さあ、馬を引け」。

競技会のときなどは大変な力仕事で、男の人でもへとへとになって三畝を完了できない人もいました。ところが私は終わってまだ悠々。この体力も父に仕込まれたおかげです。

父は石油で動かす発動機をもっていて、それで「ちんずり」の仕事もしていました。「ちんずり」とは、籾《もみ》を米にする作業のこと。三馬力とか五馬力の発動機を手で回して発火させる、そういう機械があるのです。脱穀は各家でやりますが、この機械は各家にはありません。父が車にのせて各家をまわり、一日に五〇俵か六〇俵、その家の一年分の収穫した米を「ちんずり」するのです。

その発動機が重たくて、重たくて……。車が入らないような細道には「かたね棒」という丸い、折れない棒で、その発動機を肩に担《かつ》いでいかなくてはなりません。私が前を担ぎ、父が後ろを担いで、その細道を歩いてもっていきました。発動機を真ん中に置くと重みは前後の担ぎ手に同じようにかかります。真ん中よりも三分の二ほど父のほうへ重心をおき、私のほうは少しは軽いのでしょうけれどもそれでも肩に食い込むほど重いものでした。

父からは前が見えません。前を進んで行く私の後ろをついてくることになります。私がへこたれて黙って降ろしてしまったら父がケガをしてしまいます。降ろすときは声をかけて一緒に降ろさなければなりません。戦争が終わって帰ってきた叔父が「お前えらかったなあ、あの発動機、運んだがかい？」と半ばあきれたように感心していました。まったくあの重たさは、腰がたたないくらいのものでした。そしてまた、発火させるときにお湯がポンポン飛び、これが熱いのです。

それに、戦争中は二毛作。田植えをするまでに大麦、小麦、馬鈴薯、紫雲英を二毛作します。秋の稲刈りが終わると種を蒔き、田植え前にそれを刈りとります。大麦を刈り、小麦を刈り、ジャガイモを掘って、最後に紫雲英。来年の花種をとるのです。雪解けから八月のお盆までは本当に息つく暇もありません。なんであんなふうにできたのでしょう。若かったからでしょうか。

三　軍国少女のラジオ放送

女性で馬耕伝習会の講師をしているということで、ＮＨＫからラジオ放送出演の依頼を受けました。最初は馬耕を始めた動機について話してくれということでした。二回目に依頼があったのは富山県から青少年代表として東京で開催された「開戦一周年記念必勝戦力強化大日本青少年大会」に参加したときの報告です。田んぼ仕事の合間を縫って障子紙に墨で書いた原稿がいまでも残っています。

一回目は昭和一七年、田んぼの忙しい盛りの夏でした。両親は「何、書いとんがけ」「何か書いてるそうな。そうか、放送か」程度のことで、そのために田んぼを休ませてくれるはずもありません。頼まれた以上は書かなければならないし、誰も教えてくれるわけでもないし、日も限られています。自分の思ったことをちょっと墨をすって書きました。富山弁では弱音を吐くことを「あばいとる」といいますが、そういうあばいとる時間さえもなかったというのが実感です。

この原稿は私の宝物。一度だけ夫に見せたことがありますが、子どもたちにも見せたことはありません。隠していたというわけではなく、忙しくて自分のことを話したり、こういうものを子どもたちに見せている暇もなかったということです。ラジオ放送の話は聞いたことがあるけど、原稿があったなんてまるで知らなかったと子どもたちもびっくりしています。

放送局へ行くときは、母が連れていってくれました。八尺袖の絽《ろ》の着物、お太鼓の帯を締めて放送局へ出かけていきました。村長さんも一緒です。富山にいた叔父もついてきました。「お前にでもつんだってやいかにゃあ、NHKに入られんからね。ちょっとつんだっていってもいいかなあ」といって。「つんだって」は「連れだって」です。

放送局の応接間には大きなソファがありました。応接間のソファなど見たこともない時代でしょう。叔父がそのソファに腰掛けたら、足がぽーんと上に上がってしまって大笑い。そんな滑稽な出来事もありました。

中へ入ると私ひとりだけ小部屋に案内されて、まず練習です。部屋には小さなガラス窓があって、そこから放送局の人が合図をしたら始めてくださいと。昔の放送局はそのようになっていたのです。各家全部にラジオがある時代ではありません。村ではラジオのある家に集まって、放送を聞いたそうです。叔父と村長さんは「これぇ、あんねのおかげで、今日はＮＨＫへ来れたあ。なんちょうのお」と、ひたすら感動していたそうです。「あんね」というのは長女のこと。男の子は「あんま」、次女は「おーば」と呼ぶのが富山弁です。私はみんなから「あんね」と呼ばれていました。

放送の原稿は次のようなもので、勇ましいものです。

『支那事変勃発以来、多数のお方々が応召なされ、農村の人手が急に足りなくなって参りました。勃発当時、私は高等科二年に通っていましたが、次々に近所や親類のお方々が応召なされまして一層手が足りなくなって参りました。

私の家は父と母二人きりで三町歩に近い田地をつくっていました。其の上、名誉ある応召をなされた叔父様の家の田も、御世話致さねばならぬ事になりました。私は卒業致すとすぐ農業を手伝わねばなりません。覚悟は致しておりましたが、学校生活の楽しき中から離れて、毎日父と母の相手をして、土にまみれてばかり暮す事かと思うと、女学校の生徒さんをうらやましいと思った事がそもそも幾度ございましたことでしょう。

しかし、私は又その度毎に考えるのでした。今私は土に親しみ、土に生きて、農業を守る強い銃後の女性とならねばならない、そして男の子のいない、私の父や母に、男の子同様に働いてあげなければならない、それが今私に与えられた大きな務めではなかろうかと思った時、自分の責任の重大さをつくづく考えずにはいられませんでした。

それから私は、母にお願い致して、講義録をとってもらい、一生懸命農事の手伝いをしながら、講義録を友として仕事を致すようになりましたので、もう女学校の生徒さん達をうらやましいとは思わなくなりました。朝に夕にお日様に守られながら、働く事の出来る幸福がしみじみと感じられるのでした。

昨年のある日、父に田をすく事を教えられ、初めて馬のたづなを取り、犁を持って田を起こしました。始めは馬をおそれているので、自由に扱う事等は出来ず、一反の田を二往復した時は息も切れそうでございました。少しづつ練習を続けていました処、初日より二日目になりますと大分犁の持ち方にもなれて参りました。

ある日、父がいなかったので、私は馬を出そうと思い、くつわを持って馬小屋の前に行き、やさしく馬を呼びましたが、父ならばすぐ顔を出しますのに、その時は顔も出さずに後ろをむいて、知らぬ顔をしていました。

父がいない事を馬は知っているのだと思うと、馬の利口なのにおどろきました。それから父を呼んで来て、くつわをかけてもらい、田圃《たんぼ》までついていってもらい、そこで私がすき始めました。しばらくして父が離れて行きますと馬は私の言う事は少しも聞かずに草をかんだり、外の道を歩いたりして、どうにも使う事は出来ませんでした。が、父の姿を見受けると、すぐ行儀よく歩き出しました。そんな事が度々ございました。そのうち、馬は私の言葉を聞き分けてくれるようになりました。

今度は姿勢、態度や、たづなの持ち方、さばき方、馬のまわし方、すき口終り等について、色々と教えられました。始めは犁先ばかり見て、馬の前足を見ずにいるので土が多くかかったり、又ははずれたり致しまして、姿勢がくずれ、とてもうまくいきませんでしたが、胸をはり、姿勢を正しく、馬の前足を見るようにして、左足からスーッと歩くように致しますと、体がぐらつかず、馬と私と一体になって、楽に扱う事が出来るようになりました。

始めは、「女が馬使いするのか」という気持ちが起り、何だかはずかしい心地でございましたが、だんだんと仕事に熱心になって参りますと、興味が湧いて来て、早く一人前になり、りっぱに馬を扱えるようになりたいと、そればかり念ずるようになりました。父も熱心に教えるので、一生懸命練習を致しました。そして、郡の馬耕競犁会で一等を頂きました時は、何だか父に申し訳がたったような、嬉しさが湧いて来るのでした。

今年の春は雪の消えるのが待ち遠しくてなりませんでした。

馬はもう私になれて、馬小屋の前へいきますと、顔をすり寄せて参ります。よその人にくつわをかけさせないのに、私がそばへ参りますと、すぐかけさせます。今では父より私によくなつくようになりました。

私は何時《いつ》一人でくつわをかけたり、鞍《くら》を置いたり出来るのだろうかと思っていましたが、今年からはやすやすと出来るようになり、父がいなくとも、自由に馬を扱うことが出来るようになりました。今日も無事に務めを果たさせて頂きますようにと、祈りて朝の新鮮な空気を吸いながら愛馬と一しょに田圃道を歩く時、あの勇ましい愛馬行進曲が頭に浮かびます。それから馬に犁をかけて耕ばん（畝の中心）のすじたてを始めすじが真直《まっすぐ》きれいについた時は本当にゆかいでありました。

「はい、はい」と声をかけると、愛馬は元気よくずんずん歩きます。やわらかくすきおこされた黒土をふんで、私と愛馬はこうして力を合せて一反の田をすきおこした時は、本当に嬉しかったです。馬と私は本当に兄弟のように仲よくなりました。

私はすきおこしだけでは、銃後をしっかりと守る事は出来ない。すきおこした後のすき返し、それから水田のあらくりからしろかきまで、まだまだ植え付けするには非常な苦労がいります。

この後の仕事を私の手で致さねば、本当に男の子に代わって働くということは出来ない。そう思った時、すき返しから砕土機を使う事に一心になりました。

私は砕土機使用はむずかしいように思っていましたが、実際使用してみますと、思っていた程でもありませんでしたが、持ち方、運び方には、ちょっと骨が折れました。その度に私は、皇軍勇士の御苦労をしのんで、全身の力をこめて一生懸命致しました。するとどんな重い砕土機でもたやすく持ち運びが出来るのでございました。

そして、今年の水田の砕土機使用を私が半分程致しましたので、父は他の仕事の方に精を出すことが出来たといって、大へんに喜びました。私も嬉しゅうございました。それで初めて私の務めが成し得たようにも思われるのでござい

郵便はがき

料金受取人払郵便

新宿局承認

2524

差出有効期間
2025年3月
31日まで
（切手不要）

160-8791

141

東京都新宿区新宿1－10－1

（株）文芸社

愛読者カード係 行

ふりがな お名前			明治 大正 昭和 平成 年生 歳	
ふりがな ご住所	□□□-□□□□			性別 男・女
お電話 番 号	（書籍ご注文の際に必要です）	ご職業		
E-mail				
ご購読雑誌（複数可）		ご購読新聞 新聞		

最近読んでおもしろかった本や今後、とりあげてほしいテーマをお教えください。

ご自分の研究成果や経験、お考え等を出版してみたいというお気持ちはありますか。

ある　　ない　　内容・テーマ（　　　　　　　　）

現在完成した作品をお持ちですか。

ある　　ない　　ジャンル・原稿量（　　　　　　　　）

書　名				
お買上 書　店	都道 府県	市区 郡	書店名	書店
			ご購入日	年　　月　　日

本書をどこでお知りになりましたか?

1.書店店頭　2.知人にすすめられて　3.インターネット(サイト名　　　　　　　　)

4.DMハガキ　5.広告、記事を見て(新聞、雑誌名　　　　　　　　)

上の質問に関連して、ご購入の決め手となったのは?

1.タイトル　2.著者　3.内容　4.カバーデザイン　5.帯

その他ご自由にお書きください。

(　　　　　　　　　　　　　　　　　　　　)

本書についてのご意見、ご感想をお聞かせください。

①内容について

②カバー、タイトル、帯について

弊社Webサイトからもご意見、ご感想をお寄せいただけます。

ご協力ありがとうございました。

※お寄せいただいたご意見、ご感想は新聞広告等で匿名にて使わせていただくことがあります。

※お客様の個人情報は、小社からの連絡のみに使用します。社外に提供することは一切ありません。

ました。

　はげしい一日の仕事を終り、泥にまみれた馬の足を洗って毛並みをそろえ、「馬よ御苦労様」と感謝せずにはいられません。馬は「あなたもお疲れでしたね」というように顔をなでてやる私をじっと見て、静かに馬小屋に入ります。「さあ、たんとお上がり」、私は馬にご飯や馬草を与えてほっと致すのであります。

　こうして愛馬と私の親しい生活が続いているのであります。

　この間、県の女子馬耕競技大会に出席致しまして、入賞出来ましたのも、私の心をよく了解してくれた愛馬の御陰と深く感謝致している次第でございます。これからはもっともっと馬に対する理解を深め、馬に感謝し、愛し慈しんで、その持っている力を発揮させたいと思います。時局は、いよいよ重大さを加えて参りました。人も品物も不足してきました。この時に女子は、男の方々のなさる仕事の中から女子でも出来ます部分を見つけ出し、これを引き受けますことが大へん大事なことと思われます。

農は国の基本といいます。時局が時局であります。私は農業に生きる女子青年である事の喜びを感謝致しますと共に、今後は益々努力して生産拡充に御奉公の誠を捧げたいと念ずる次第でございます』

『大東亜戦争戦捷第二周年の春を迎うに当りまして謹みて聖寿の万歳を寿ぎ奉り、国運の隆昌を大東亜建設の前途を祝福し併せて、皇軍将兵の武運長久をお祈り致す次第でございます。

昨年一二月八日の対米英宣戦の大詔渙発一周年記念日の日の感激をそのままに、早くもここに決戦第二周年の新春を迎えることになりました。

日本国民の誰しもが、来る日に国民としての、此の時代に生まれ合わせた有り難さを感じないものはないことでしょう。皇紀二千六百三年、皇国の隆昌を決せんとする、この意義深い年の門出に際しまして、私達銃後女性は、今次聖戦の淵源と目的とに深く思いを致して、持ち場、職場を戦場と思って、一心総力をあげて、いよいよ英米撃滅のために、粉骨砕身をもって、大御心に応へ奉る決意を、新たにしなければならないと信じます。

今日の一日、一ヶ月が、過去の歴史に於ける十年にも百年にも相当するという変革の真唯中に於いて、一日、一歩を誤れば、それこそ、とり返しのつかないことになります。

この偉大なる偉業を為し遂げるには、今日に措いて他にないという重大事局下に、大日本の御国にしかも、この富山県に生を享けたということを、思うだけでも熱血の溢るる思いが致すのでございます。そして又この大事変の完遂は、私達青少年の双肩に在ると申されております。青少年の強い国は国家が興り、青少年の弱い国は国家が亡びると古より伝えられております。次代の日本を背負って立つ、青少年の任務は益々重大さを加えて参っております。

この時にあたりまして、昨年十二月七、八、九の三日間にわたり、東京の大日本青年会館に於いて、開戦一周年記念必勝戦力強化大日本青少年大会が開催されたのであります。ふつつかなる私も、富山県代表の一員として、参加させて頂きましたのでございます。身に余る光栄と、あの日の感激、感謝は一生忘れることが出来ません。南北の果より集まり来る全国千五百万団員代表一千数十名の溌剌たる姿は、本当に頼母しいものがございました。当時、私のこの小さい胸には一心一体を御国に捧げる念に燃え上がっていました。

それぞれのお方々のお話は皆涙なくしては、拝聴致すことが出来ませんでした。あの時の、内閣総理大臣東条閣下のお訓示の中に、「必勝という字は必ず勝つということである。その必勝の二字を四六時中胸にきざみこんで、日毎の業に全力をあげて尽し、戦場に立つ将兵の後盾となって、行かねばならない」とありました。又朝比奈副団長様の日日これ決戦と題してのお話には、本当に心を打たれました。そのお話の中にアメリカの女子も又、非常な変り方をしていて、その殆ど五割に近い女子が各方面にいって働いており、それは単に徴用されただけではなく、勤労奉仕にもでて働き、その数は多数に上り、日本はこれに比べると少数である、今後は米国の女性に負けないように、大いに絶対的にやってもらいたいとおっしゃいました。

又ドイツの戦争生活について、ある日本の大使館の人がある朝、ベルリンのウンターデンリンデンという公園を歩いていると、一人の少女が落ちている紙屑を拾って来ては、椅子の上で熱心にしわを伸ばし、拾って来ては伸ばしているので、それをたずねたところ、「まだこの紙はたくさん使えるところがあるのに捨ててある。勿体ないから、しわを伸ばして使えるところを切りとって、これを学校用のノートの代わりに使います」と答えたそうであります。

又一紳士が電車の中で「一寸皆さんに申し上げます。私はこれから煙草を吸いたいと思う。ついては今マッチをするから、煙草を吸いたい人はたばこを出して下され」といった所、あっちからもこっちからも集まって来て、一本のマッチで数人の人が煙草に火をつけたということを、お話になりましたのでございます。こんなにドイツ国民は皆自覚して徹底した節約をして戦っているのです。私達もドイツ女性に負けないように、日常生活に精神を打ち込んでありたいと心に誓ったのでございました。

最後に鈴木団長閣下の御訓辞に「自分の身も心も大君のものである、という信念を固くして第二には、自分は青少年団員であるという信念を明らかにして、各自の業に励み、必勝強化の実力をあげてこそ、初めて此の大会に参集した目的が充分に果す事が出来るのである」とありました。かくの如く、数多く力強い熱血溢るるが如き御訓辞を拝聴致しました私達は有り難さ胸一杯になり、滅私奉公の念に燃え上がったのであります。このような有益なお話を胸の奥深くにきざみつけて戦争第二周年を有意義に最後まで新しく送りたいと思っている次第でございます。

さて、私達女子青年は、いかにして昭和十八年度の食糧増産に当ったらよいのでございましょうか。第一線の勇士に代って働いて働き抜かねばならない時勢になって参っております。今後の女子の任務は大いに重大であると信じます。ことに農村の人手不足には一層なものがございます。この時に、女子は一人で二人分も三人分もそれ以上の仕事までも引き受けて進まなければならないと存じます。男手がなくてもきっときっと今年の田んぼは作って見せるという、力強い信念をもって、生きたいと思う次第でございます。

畏くも本年の勅題は農村の新年でございました。何と言う、勿体ないことでございましょう。そして又、いかほどに農村の使命の重大であるかが拝察されるのでございます。限りない皇恩の有難さは唯々頭の下がるのをおぼえます。そうしてどんな苦労にも勝ち抜いて、全力をもって増産にて御奉公致すことを誓うものでございます。

私は昨年、ある村へ、女子馬耕伝習会に行きました。村の女子青年の方が四、五十名もモンペ姿で待っていらっしゃいました。そして、私が一ぺん使うか使わない中に、早や私に代わって下さい、教えて下さい、とおっしゃって、私は大へん嬉しく思いました。これだけ人手不足を補おうとしていらっしゃるのだ、と思うと、其の熱意に力強さを感じさせられました。

そして教わった当時の自分を思い出して、一心に教えてあげるのでした。又ある時、あるおじいさんが「来年からは馬使いがいないので、家の娘に使ってもらわねばならない。どうか娘によく教えてやって下さい」といっていらっしゃいました。これらの方の熱心振りには本当に感動させられるものがございました。それだけに又早く上手になられ、村人達はじめ家の方の喜びは大へんなものでございました。たずさわっている私も嬉しい気が致しました。

以前、伝習会の始まった頃は伝習会の最初の時は多くの人が集まっていらっしゃってもその中の半分ほどしか、実際に使ってみなさる方がございませんでしたが、今日では、もう我先きにとみんなの方が元気よくお使いになるようになりました。必要に迫られて仕方なく使うのではなく、必要でない家のお方でも、いつかは必要になって来る日のことを思って、今から練習をして早く一人前の馬使いになって生産にご協力することをお願いする次第であります。本当に女といえども、一日として安閑と暮らしていることは許されません。ことに農家に生れた私達は、何時も進んで致して、恥ずかしくない、本当の農家の娘でありたいと思います。私の家は今年は昨年より以上に田地も増して参りました。それに増産目標も高くなります。何がなんでも目標目がけて邁進致さねばなりません。

一つの仕事をなし遂げるには、其の強固なる精神がなかったならば、なし遂げることが出来ないと存じます。決戦下の今年の務めは本当に重大であります。

この生産に戦場の勇士様方の御苦労を偲びつつ、一粒でも多く増産致して御奉公の誠を尽したいと念じております。戦場のみが軍の庭ではありません。私達が農村にいて土を耕している所も、麦を穫るのも、馬耕している所もみんな戦の庭にたたせてもらっているのです。今の世に生れ合せたればこそ、この数ならぬ私までもが、戦の庭にたって、御国のために働くことが出来るのです。何という光栄なことでありましょう。何という生き甲斐のあることでございましょう。神国日本の神々様はじめ多くの御先祖様方の御骨折りに感謝致しますと共に、次代に恥じない銃後女性となって鴻恩の万分の一にも報いたいと思っている次第でございます。

古へ海に身を投じ、日本武尊の御軍を御救いになった弟橘媛の犠牲的勇気こそは、洵に日本女性の一面を物語っております。私達女性も国家の重大なる任務を果すとともに、弟橘媛の心持ちを忘れずに今年の食糧増産に必勝の信念をもって進みたいと念じている次第でございます。

昭和十八年一月十六日　　堀咲枝』

第三章　父に仕込まれた農作業

一　厳格なネクタイを締めた人

父は、ワイシャツにネクタイを一日も欠かしたことのない人でした。家の中にいるときも、庭いじりをするだけでも、朝起きたらまずシャツとネクタイを結ぶ、そんな人でした。厳しくて、人の悪口も言わず、人に何をいわれてもシャンとしている、そういう人でした。

私の子どもたちに向かっても「おらの孫だぞ。おらの孫だっていうことを覚えとかっしゃい」「おらの孫だっていうことを忘れられんな」とよく言っていましたが、これは自分の血を継いでいるのだから、下手なことをしてくれるなという意味だっただろうと思います。子どもたちがおじいちゃんの思い出話をすると、必ず「おらの孫だっていうことをちゃんと心にとめとかっしゃい」と言われた話が飛び出します。

仕事はとても器用な人でした。いまでいう建築の建前に、昔は「しんぎ」という木を一本、一本立てて「きうた」というものを上げて麻縄を締めたものですが、父はお寺などの建前の際にはいつも呼ばれてそういうものを立てていました。器用さを見込まれていたのです。だから「きうた」とか「麻縄」などはいつも家の二階にしまってありました。

その器用さを生かして、小さいときは大工さんになろうと思っていたそうです。とにかく何でも自分でやってしまう人でした。高い木に登って枝は下ろす、スポーツも得意で青年たちが集まってやる棒高跳び、柔道、剣道、なんでもござれです。それほど体格のいいほうではありませんでしたが、田んぼの道を棒高跳びでピューッと飛んでみせたこともあります。字を書かせれば見事な墨字を書き、踊りがまた上手。何ごとにも器用というのでしょうか、なんともいいようのない人、それが私の父親です。

いろいろな工夫をするのも好きで、自分で考案して「ばんどり」という昔の雨具も使いやすいいい物を作ってくれました。いまでも踊りなどに使うことがありますが、柔らかい藁の「にいご」で雨具を編んだものです。私たちが子どもの頃は、小さいなら小さいなりの「ばんどり」を編んでくれたものです。私のために編んでくれた「ばんどり」は、いまでも大事にとってあります。雨の日はその「ばんどり」を着て、「とんびござ」という三角の頭巾のようなものをかぶって学校へ行っていました。長靴などはありませんから、雪の日は藁で編んだ深靴《ふかぐつ》。中が濡れたときは藁の「すべ」を入れて履くとぬくぬくになります。それも父が作ってくれるのですが、とても暖かいものでした。

農耕馬に使う鞍や手綱も作っていました。大量に汗をかく馬のために通気性のよい麦藁の鞍を考案し、これが実用的だというので富山県をはじめ全国、鞍づくりの指導にまわっていたこともあります。だから、私が競技会や伝習会のために各地を歩くと、あちこちで父の知り合いという人にも出会ったわけです。器用というのか、独創性があるというのか、そういう人なのです。

私が高等科を卒業して田んぼ仕事をするようになると、父は県庁の嘱託のようなかたちで事業用水の管理の仕事をするようになりました。いまはコンクリートになりましたが、昔は上市川から農業用の用水をとるのに杭を打って土俵を入れて水を流すようにしていました。毎年、春になると水を入れるための作業をしなければなりません。父はそのための作業員の管理や現場監督のような仕事を引き受けたのです。

現場の仕事はいろいろな農家から人を出して、交代で作業に当たります。どこの村から何人、何日と割り当てが決まっていて、村ごとに相談して必要な人数を交代で出せばいいのです。ところが監督といえば、毎日、毎年です。春田のいちばん忙しいときに田んぼを起こすのを私ひとりに任せて四〇日、五〇日と出ていくわけです。

たまには人を頼んだりすることもありましたが、ほとんどは私だけで田起こしをすることになります。父が田んぼ仕事をしなかったのは、馬に乗って散歩していたときに落馬して肩を脱臼したことがあり、それからはあまり力仕事ができなかったからだといいます。それでも、どうかと思いましたよ、私は。でも文句を言えるような父親ではありません。

祖母はそんな私を不憫に思っていたのでしょう。祖母にとって父は実の息子ですから、「たまにぃ、田んぼぉを、起こしたとこぐらいぃ、ちょっとみてやりゃどうや」と言ってくれましたが、父は私の仕事ぶりを見に来ることさえもしません。厳しい上に頑固な人でもあったのです。叱られるばっかり。ほめられたことなど一度もありませんでした。

そして、碁が好き。碁を打つお友だちが遊びに来ると、日がな一日碁を打っています。母と私たち姉妹が田んぼに出て仕事をしていてもお構いなしです。妹が「あの碁、いつ終わるかねぇ。おとうちゃん、まだ来んなぁ」と、よく首をのばして我が家のほうを振り返っていましたが、いっこうに出てくる気配はありません。

もう日が沈んで、疲れたから家へあがろうというときになってやっと出て来て、それから一日分の仕事をするのです。手早くて器用な人ですから、本当に短時間で人の三倍の仕事をします。それはいいのですが、そうなると私たちだけあがるというわけにもいきません。お腹はすくし、本当につらいことでした。母もよく怒っていましたが、そんなことに動じる父ではありません。

とはいえ、優しいところもあったのです。戦時中、東京の大間窪小学校の児童が近所のお寺に疎開に来ていたときにその世話をしていたのも父です。大間窪小学校の校長先生から感謝状をいただいたこともあります。

父は疎開児童に遊びに来いといってやったり、冬の間は靴のない子どもたちに藁の鼻緒をたてた下駄をつくってやったり、すごく親切にしていました。都会の子たちは雪焼けになってしまうこともありました。手も足もみんな紫色になって痛がります。そこへ祖母がつくったサツマイモの煮汁の特効薬を塗ってあげたりしたものです。サツマイモを蒸すと下に黒っぽい液が溜まります。この汁を温めて痛いところにつけると不思議なくらいすぐに治ります。民間療法というのでしょうか、おばあちゃんの知恵ですね。雪焼けの疎開児童たちを家に呼んで、痛い子がいたらこうして治してあげていました。この小学校はいまでもここの上条小学校と交流が続いています。

そんな頑固な父親に黙々とついていった母は忍耐の強い人だったなあといまさらのように思います。お小遣いひとつもらえないで。どこかへいく用事があってもらえるのは汽車賃だけです。農作業が終わると夜は毎日、黙々とみんなの作業衣のつぎあてをしていました。私たちの着物も縫ってくれました。

母は六八歳で亡くなりましたが、葬儀の後、母の友だちから「咲枝ちゃん、あんたのおかあさんは、勉強はできて、声はよくて、それはそれはすごいおかあさんだったんだよ」と初めて聞かされました。母は自分のことは何も話さない人でした。田んぼばかりで話をする暇もなかったというのが正しいかもしれません。

二　私は泣かない

子どもの頃の話です。父は日常のしつけにも厳しい人でした。ご飯を食べるときはまずきちんと座って、「いただきます」と手を合わせて、右手に箸、左手に茶碗をもつのは基本です。食べ方もくちゃくちゃ音をたてないで、ひとくち食べたら必ずお茶を飲んで……すこしでも膝を崩したり、茶碗をもつ手がゆるもうものなら、すかさずピシッと叩かれます。お膳の下に棒をもっているのです。なんでこれほどまでに厳しくしなければならないのか、父はこう言っていました。

「女の子は嫁にださにゃならん子だから、三つ子の魂百までというて、小さいときにしておかなきゃあ」

学校へ行く前には、朝はみんなで雑巾がけ。出かける前にこれとこれをして、帰って来たらこれとこれ。ちゃんと分担が決まっていました。朝の食事の前には、みんな揃って仏壇の前に行きます。父はみんなが揃ったかどうか、ジロッと後ろを睨め回します。誰かが来ていないと、お経が始まりません。お経が終わらないと朝ご飯は食べられないのです。両親と祖父母、私たち姉妹、全員が揃うと大きな声でお経が始まります。毎日、朝夕にお経をあげていましたから、私たちもわざわざ教わらなくてもすっかりお経は覚えてしまいました。

毎日、学校から帰ってくると父の検査があります。ちゃんと勉強してきたかどうかの検査です。少しでも不備があると、手でパシンと顔を叩かれます。食事のときは棒でしたが、このときは素手。妹は叩かれるとすぐ大きい声で泣くのですが、私はいっぺんも泣きませんでした。

祖母がお寺さんにお参りに行くときに、私たち姉妹はおばあちゃんの着物の袖のところにつながって、隠れるようにしてよくついていったものです。そこでは近所のおばあちゃんたちが集まっては世間話をしています。黙って聞いていると「あれがあんたとこのあねこかいね。かたいさんだぁねぇ」という話が耳に入ります。「かたいこ」とはいい子のことです。賢い子、というような意味でしょうか。「あねこ」は長女のこと。お参りについていくからほめられたのかと思っていたら、祖母がこう言います。「ええ、かたいこだいがいね。この子の涙、見たことないわいね。どんなに叱られて叩かれとっても、泣き声ひとつださん子だいね」。

そういえば私は、どんなときでも泣かない子でした。馬耕の技術を教えるときも、父ははんぎりかんで「こんなことぐらい、できんかい」と言って怒ります。「はんぎりかむ」とはかんしゃくだまを破裂させて、というような意味ですが、まったく雷が落ちてくるような剣幕です。馬耕は重労働ですし、なかなか難しい技術でもあります。馬を上手に歩かせなければなりませんし、油断をすればすぐ筋がひがんで（ゆがんで）しまいます。そうそう、すぐにうまくできるようになるものでもありません。

父は人が見ていようと何しようと、かんしゃくだまを破裂させて私を叩きます。まったく恥ずかしい話ですが、田んぼの中でかぶっていた笠をはねとばされたこともあります。いまは帽子ですが、昔はみんな深い編み笠のような物をかぶって農作業をしていました。頭巾当てという意味でしょうね、「ずきあて」といって笠を固定するための布があって、そこに笠を縛って使います。父があまりに勢いよく叩いたものですから、「ずきあて」だけが残って、笠が飛んでいってしまったこともあります。

一生懸命に教えたい気持ちはわかります。でも、叩き方がひどかったのです。勢い余って手が笠にぶつかり、笠が風に乗って飛んでいってしまうほどに。馬は待っているし、飛んでいった笠を拾いに行くこともできません。隣近所の田んぼからは人は見ているし、まったく恥ずかしい思いをしました。可愛い娘にそんな酷な……。とはいえ、ここまで徹底して仕込んだということは、やはり私が見込まれていたということでしょう。

たったの一六歳。いまでいえば高校一年生か、二年生でしょう。それが男の仕事をしなければなりませんでした。「仕事には男とか女はない、こういうときには誰でも国を守りきるために乗り切るのだ」と、それが父の口癖でした。つらいとか、できないということは言わせてもらえません。

そして、秋になると稔りの季節を迎えます。黄金色に輝く稲を刈り取る作業がはじまります。刈り取った稲は、一把《わ》ずつ「はさ」に干していきます。「はさ」とは「はさぎ」と呼ばれる杉の材木を田の土の中に立てたもので、この杭に竹を一〇段ほど渡して縄で縛ったものです。ここに稲をかけて乾燥させます。この「はさ」も当然、私が作りました。

七〇センチほどの深さの穴を掘って、はさぎを埋めていきます。このあたりは粘土質で、泥の中に穴を掘るそばから水が湧き出してきます。水が溜まらないように、素早く掘って、掘ったらすぐその穴に、はさぎを埋め込まなければなりません。そして、木を入れたらすぐに泥で周囲を埋めないとどんどん周囲が崩れてきますから、ぐらぐらの弱い「はさ」になってしまいます。

一反田の稲を一つの「はさ」に干します。二反分を干すときはそれをもう一つ立てます。全部で二五、六本も立てたでしょうか。力任せではうまく掘ることができません。息を止めてクッと力を入れる感じなのですが、そのあたりのコツはやはり父から教えてもらいました。

稲を干すにもちょっとしたコツがあります。扇を広げるように、一把の稲をひろげて下に向けて並べるのですが、最初は上手に干すことができずにみんなひっくり返ってしまいます。上手な人は手品師のようにぱっ、ぱっ、ぱっと干していくのです。干し上がった稲は、集めて積み上げます。それを「にゅう」といいますが、夕立が来たらそれに「わらがい」をかけなければなりません。いまはシートですけれど、昔は「わらがい」。自分で藁を編んで巻いた手作りの雨よけです。そうして仕上がった稲の束は「えぼ」。農家ではお互いに「えぼ、いくつある？」と声をかけ合ったりしたものでした。

結婚してからは田起こしから収穫して稲を干し、籾をすって米にするところまで全部ひとりでやっていましたが、私はどんな仕事でも父と同じように仕上げていくことができました。小さいときから父と一緒に仕事をして、その仕事ぶりが頭に入っていたのでしょう。

春はまだ氷のある二月の終わりからわらじを履いて畦を踏み、五月に田に水が入るまで馬と一緒に田んぼの仕事。母や妹たちももちろん田んぼの仕事をしていましたが、主な仕事は長女だった私が父のかわりにやっていました。妹たちは馬を扱うことなく、馬との関わりは田んぼになかま（昼の休憩時間に食べさせる馬の餌）をもってきてくれるくらいだったでしょう。意地っ張りで、どんなにつらくても決して泣かない私は、まさに堀家（実家）の農業主任だったのです。

三　父の選んだ結婚

私が結婚したのは二三歳のとき、当時としてはとても遅いほうです。仲人さんがたくさんの話をもってきてくれましたが、すべて父が一蹴していました。いっときは婿をとるという話もあったようですが、弟が生まれたのでそんな話もなくなり、私は一家の農作業の担い手として実家にとどまっていました。私が嫁いでしまえば、残るのは母と妹たちだけ。馬を使える人もいません。だから、父はやはり私を置いておきたかったのでしょう。

お話をもってきてくれた方も、父が片端から断ってしまうので、ずいぶん腹を立てて帰られたようです。「塩しとけ」といわれていました。お嫁に行かない娘をもっていたら、塩しとけ、つまり塩に漬けておけと昔は言ったものです。なれんように（腐らないように）塩漬けにしておけということです。仲人さんが腹を立てて、「こんないい話をもってくるがに、まだ首振らんとね。そんなら塩しとけ」と捨てぜりふ。

そんな父が、この石川の家からの話には一回で首を縦にふりました。石川の家は実家とほんの目と鼻の先。やっと弟が少し仕事ができる年齢になってきてはいましたが、やはり私を遠くへはやりたくなかったのでしょう。嫁に出すとしても近くに置きたかったというところが本音ではなかったかと思います。

それぱかりではなく、私の夫も義父も生真面目で厳格な人たちです。父とは似ているところもあり、そんなところが気に入ったのかもしれません。

石川家はこの土地の出身ですが、昭和二〇年に家を建てる前まではここには住んでいませんでした。夫が小学校四年生のときまではここにいたそうですが、男の子のことですし、一緒に遊んだ覚えもなく、記憶にはありませんでした。

義父は東京の警視庁の私服刑事を務めていた人で、柔道七段。それはそれは厳しい人でした。家族も警察官の家らしく厳格な姿勢で日常生活を送っていました。警視庁から奈良の県庁へ入られて、奈良から富山の三日市へ移り、そこで骨接ぎをしていたそうです。終戦になって、生まれ故郷のこの土地へ帰ってきたのです。

私の夫となった貢さんは大正一一年に東京で生まれ、両親とともに神田で一二年九月一日の関東大震災にあったそうです。義父と義母は、家財道具とその日の朝に炊いたご飯を入れたお櫃を担いで逃げたとか。水も何もないところで、そこに集まった人たちと砂だらけの手でおにぎりを作って食べたといいます。

だからでしょうか。私の義父、この善吉おじいちゃんという人は「まずは火の用心」というのが信条でした。柱に「火の用心」と書いて貼ってあり、何かにつけて「まずは火の用心」と言います。震災にあって、いちばん危険なのは火だということを骨身にしみて感じていたのだろうと思います。

私の次女が結婚するときに、善吉おじいちゃんは「おまえ、向こうの家行ったら何がいちばん大事だと思うて日を暮らすか」と聞いたそうです。娘は「両親を大事にすることと自分を可愛がってもらえるように努めること、かね」と答えると、おじいちゃんは「間違ごうとる」と一刀両断。

「間違ごうとる？」

「いちばん大事なのは火の用心。まずは書いとかっしゃい、火の用心。その次は先祖、両親は三番目だがや」

終戦になってから、小作に出していた土地を返してもらい、もとのところに戻ってきた石川家に私は嫁ぎ、そして、この家の田んぼをすることになったのです。

結婚してからも私にとって実家の父がこわい存在であることにはかわりありませんでした。この仕事をしてきついとか、この家に来てつらいことがあるなどとは、とても言えるものではありません。母は「かわてかわてねぇ。子どもも育てにゃならんし、田んぼもあるし、お舅さんもおられるし、えらいつらいこともあろうなあ」と言っていました。「かわて」はつらいだろうというくらいの意味ですが、私のことを可哀相で、可哀相で……と思っていたようです。

父には何も言いませんでしたが、何かの拍子に私の話が父の耳に入ったのでしょう、「お前のしとることがね、自分ではそれで満点だと思うとろうけれども、お舅さんにとってはそれは満点でない」と、それだけ言いました。やはり厳しい父でした。

私が結婚してから三〇年近い月日が経ち、昭和五九年にここの家を新築したときに父は新しい家を見に来て、こう言いました。「お前、長生きせいや」。これだけ。

たったこれだけの言葉ですが、父は私のここへ嫁いだときから現在のことまでを頭に浮かべてそう言ったんだなと私には感じられました。父は父なりに娘のことを心にかけていたのだろうと思います。

父がだんだん年をとっていくと、親娘の対話はいつも同じせりふから始まるようになりました。

「お前、毎日、感謝しているか」

「感謝しているよ」

「そりゃ、どのくらいかのぉ」

「毎日、数えきれんほどの感謝です」

毎日の出会いのごとに感謝。ああ、これはいのちがあったから出会えたのだと感謝。夫の貢さんは私を日本一の幸せ者だといいました。なぜならば、毎日、実家を見て、父親を見て暮らせる者はどこにもいないぞ、ということなのです。

女の子は嫁いで、他人の中で交わって、そして「おかみさん」になるのだと私は祖母から教えてもらいました。私たちはお寺の奥さんとか料亭の女将を「おかみさん」と呼びますが、「おかみさん」はそういう人たちだけのことではない、女はみんな「おかみさん」なのだと祖母は言います。なぜ「お神」なのかといえば、家を治める力をいただいているからだそうです。艱難辛苦に耐え、表には出なくても縁の下できちんと物事を慎重にみて、そして、家族を治める、だから「おかみさん」だと祖母は言いました。私もその通りだと思います。

頭がいいとか、姿がいいとか、そういう幸せもあります。だけれども、どんなにみっともなくてもどんなに頭が悪くても、その家へ来てその旦那さんに仕えて、両親を見送って、そして永久にこの家を長く伝えていく、そういう作業をするのは女の人なのです。「お神」という名がつくだけあって、女の人は素晴らしいと思います。

さつまいもを600本植え終わってほっとしているところ。
父57歳、私32歳。父は足にゲートルを巻いています

日本の家庭では男の人が威張っているようでも、実際は奥さんが手綱を握っていることが円満の秘訣のようです。表に出ないで、裏のほうで手綱をしっかり操っていられるかどうかで、曲がっていくか、まっすぐに行くかが決まるでしょう。馬と同じ、手綱ひとつです。「人」という字は、一つの線をもう一つの線が支えています。ひとりでは生きられないのでつっかえが必要なのでしょう。ひとりでいれば倒れてしまうけれど、倒れないように中心を支えている、これが女の人です。そして、ふたりで「人」という字になるのです。裏側の中心をちょっと支えている、こんな素晴らしいことがあるでしょうか。

第四章　愚痴を言う間も惜しい

一　人生芝居の開幕

昭和二一年、私は父の言いつけに従って、戦争から帰って小学校の教員をしていた石川貢さんと結婚しました。結婚するとき、私は心の中で「育ての親より嫁にいった先の親こそ本当の親と思い、老いて骨になるまで真面目に務めよう」と自分に強く言い聞かせていました。新婚旅行も何もない時代です。

夫との最初の会話はまるで禅問答。若かった私にはチンプンカンプンでした。

「お前、芝居みるとき、どういうふうにして見とるか。ただおもしろいと思ってみとるか」

「さあ。何か筋があって、泣く人と笑う人とか、そういうがを見ておもしろいと思うわねえ」

「やっぱりそうだな。人生も芝居と同じで、怒った人のところで一緒に怒ったらひとつもおもしろうないが。怒った人がおったら笑わにゃ、芝居にちゃならん。人生、そういうもんだ」

芝居？　この人はいったい何を言っているのだろうと思いました。

「相手の真の心さえわかればそれでいいもんだ。相手は何をいま思うとるか、憎もうと思うて憎んどるか、その相手の心さえ知っとれば、自分の一本の筋が何かということさえ間違わんといれば、それでいいもんだ。そしたら、お前がいまいちばんと大事かということを自分で考えたらよかろう」

夫は雨の日も風の日も、毎日、学校へ通っていました。三八年間、一日も休んだことなし、遅刻したことなし、です。それは文字通り「毎日」で、日曜日も夏休みもありません。

体調を崩して重湯しか口にできなかったときでも、竹の筒に重湯をつめて学校へ行きます。親が亡くなろうと何があろうと、本当に真面目というのか、頭に「くそ」がつくというほどの真面目な人でした。父はそういう夫の真面目なところを見抜いて、この人ならよかろうということで私を嫁に出したのかもしれません。いまでも親戚も近所の方も「貢さんちゃ、いい人だったね。立派な人だったね」と言います。そういう人でした。

小学校の教員を退職するときには、三月三一日の一二時、「これで学校の責任がとれた」と言ってゆっくりと座り込みました。「きょうの日から、どんなことがあっても馳せ参じていかにゃならん学校の責任がこれでなくなった」と。三月三一日の一二時まで学校の責任があるという、細かいところにまでいつも緊張があったのでしょう。退職してからは富山市の中学校の校長会の事務局長になったのですが、翌日の四月一日から、これも一日も休まないで五年間、職務をまっとうしました。

間違っていることが嫌いで、不正や不名誉なこと、嘘をついたりすることにはとても厳しい人でした。そのかわり子煩悩で、女の子ばかりの四人の子どもをもうけたのですが、子どもたちの小さい頃は何かといえば四人を自転車に乗せてあちこちに連れていっていました。前に乗せる椅子みたいなものに末娘を乗せて、男自転車の支え棒のようなところに座布団を敷いてそこにひとりまたがせ、後ろの荷台にひとりを座らせ、ひとり立たせて。まるでサーカスです。

違反ではありますが、それが子どもたちには楽しかったのだろうと思います。そんなふうにして、よく花火に連れていったりしていました。子どもたちの写真もこまめに撮って、ひとりひとりの成長の写真が貼られたアルバムが山のようになっていて、さて何十冊あるものでしょうか。

二　ひとりぼっちの農作業

田んぼが五町あっても、それを五人でするほうが作業としては楽です。私は、石川へ嫁いで一から一〇まで全部ひとりで田んぼ仕事をしなくてはなりませんでした。たくさん田んぼがあって、家族がみんなで仕事をしている、自分もそこで働いているというのは、田んぼが多いから大変そうにみえても分担してひとりはひとつの仕事をしていればいいでしょう。田んぼが少なくてもひとりですべてをしなくてはならないのは、よほど大変なことなのです。いろいろ気を配って、こっちもあっちも、そっちもでしょう。それがお舅さんから見れば、田んぼが少なくて楽ということになってしまいます。都会で生活をしていた舅も姑も、小学校の教師をしていた夫も農業の経験がありません。たかだか一町の田んぼとはいえ、農作業はすべて私ひとりの仕事です。「なんでそんなところへ好んでねえ」とは思ったものの、父の言いつけなのですからしかたがありません。自分で努力すればそれでいいことだと観念しました。

そして、私は嫁いだ家の田んぼを起こすことになります。起こして、返し田して、あらくりして、しろかきして……そういう男の仕事をここでも引き受けることになったのです。実家の祖母が手伝ってくれましたが、責任者は私です。「農家に生まれたら農家に嫁がなければならない、そういうものなり」と思いました。農業とはお天道様をいただいて、沈むときまで田んぼにいて仕事に励むもの。農業は父からしっかり教え込まれていましたから、石川へ来ても馬の仕事、田植え、稲刈り、脱穀、農作業は全部ひとりでできることでした。

ただ、ひとりでするということは、それはそれは大変なことです。自分の仕事だ、自分の仕事だと自分に言い聞かせながら、一町ほどの田んぼに取り組みます。一町といえば一反田を一〇枚。稲刈りひとつとっても一日に一反の稲刈りはなかなかできるものではありません。稲束の数は一二把をひとくくりにしたものが一〇〇からあるのです。一反の田んぼに稲束の山、「にゅう」が七つから八つは積み上がります。男手なしに、私ひとりでみんな積まなければならないのは、かなり骨の折れる仕事でした。

そのうえ、春はよその家の人が三日かけてやるものを、馬耕伝習会に一日出ていたら二日でやらなくてはなりません。伝習会はここへ何日に、ここへ何時までになどと予定が決まっています。行かなかったら、今度はその伝習会に迷惑をかけることになります。春は水を入れる日も決まっていましたし、朝早く出るとか、夜遅くまで仕事をするとか、なんとかやりくりしてこなしていました。

村の人はどう思って見ていたのでしょうか。「あれは、いい嫁があたったんだな」と思われていたかもしれません。どんな仕事をさせても、人の三倍はこなす父の血が私に伝わっているというのか、人には負けず、手早くちゃっちゃっとこなしていましたから。近所の人たちの中には私が仕事をしている姿を見て、「あんたはつらにくいほど父親に似とるね」という人もいました。私はいろいろな意味で父に似た娘だったようです。

一日に寝る時間は二時間。よく身体がもったものだとも思いますが、どうしてもやらなければならないと思っていたからでしょう。子どもたちはどんどん成長していくし、親たちは年をとっていきます。米は穫らなくていけないのです。

父の教えてくれた通りに田んぼをつくると、ここらあたりではめったに穫れないほどのお米が穫れました。べっこうのような米で一等米でした。みんながびっくりするほど品質がいい米を収穫することができたのです。色を見て、稲の成長を見て、いまならチッソをやったほうがいいとか、いまはカリのほうがいいとか、肥料をやる時期の見極めなど米作りのツボはみんな父に教わったものです。

ふたりの子どもをお産して、育児もあり、毎日が目先の仕事に追われ、東西南北、自分がどっちを向いているのかもわからない、今日が何日なのかも、何曜日なのかもわからない、そんな生活を送っていました。親元に里帰りできる日を指折り数えて、「ああ、あと四か月、辛抱すれば家に行けるぞ」と。実家に帰れるのはお正月、お盆、そして子どもたちの春休みです。あと何か月、あと何週間、あと何日……。

なるべく前向きに生きようと思ってはいても、ときに悪いように、悪いように考える自分もありました。毎日、いい自分と悪い自分が心の中で格闘しています。仕事をするときには、自分にネジを巻かなければならないのです。自分を励まさなければなりません。「一生懸命、きょうも頑張りましょう」「きょうもまた頑張りましょう」「お天道様、助けてください」「頑張ります。頑張らせてください」心の中で何度も何度もそう自分にはっぱをかけるのです。

ところが反対側には「ネジほどけ、ネジほどけ」と言っている自分がいます。「何を言われても怒るな。バカになれ、バカになれー」と叫んでいます。

自分の心を正しくもって、父に恥じないような娘でありたいと思ってはいたのです。でも、そう思うそばから「ネジをほどけば楽になる。バカになればいいんだ。人間、バカがいちばん生きやすい。利口であろうとすれば生きにくい。バカになれば、それ以上のことはないのだから、生きやすいはずだ」という思いがわき上がってきます。

なかなか、そうバカにはなれないものです。これだけ仕事をしているのに、なんでまだ文句を言われなくてはいけないのでしょう。人間なら、そう思っても無理はありません。でも、私はそれを人に言うのは恥ずかしいと思っていました。閻魔《えんま》様の前に立ったときに人生の点数を悪くつけられてしまうような気がして。

自分は正しいのにと思うと喧嘩になってしまいます。そんなことを人にしゃべって歩く時間ももったいないと思って、自分にネジをまくのです。「きょうも努力しましょう。さあ、ネジをかけなくちゃ」。自分にネジをかけるのは自分だ、バカになるネジも自分のネジだ、と。

近所の人からは「ひとりでも食べれんがに、ひどい目にあうのぉ」という目で見られていたようです。ところが私はそんなふうに見られていることにはまったく気づいていませんでした。これは自分の仕事、と思っていたのです。だって、厳しい、厳しい父親がちゃんと見ているのですもの。怠けていたら、大騒動になってしまいます。

私は二五歳のときに長女のお産をしましたが、実はそのとき、まだ父がこわかったのです。だから、ここの家でつらいとか、田んぼをひとりでしなければならないとか、そういうことは父には絶対に言えませんでした。「あれは頑張っとるな。あれならするぞ。教えたことをここまで。あれは全部もうひとりでできる」。遠くで見ている父にそう思ってもらいたかったのです。

父をこわいと感じなくなったのは、馬耕全国大会が終わったあたりからでしょうか。そのころ、私はもう三人の子の母になっていました。

三　生まれ変わった日

石川には厩《うまや》がなかったので、実家の厩から馬を借りてきて田んぼ仕事をしていました。つらいことも多かったけれども、馬に教えられる点、馬の利口さには感動させられました。愛馬とでもいえばいいでしょうか。いつも馬に声をかけ、馬と対話しながら仕事に励んでいたのです。

田んぼに夕闇がせまってくる頃、隣の田んぼからは馬があがりはじめても、私の田んぼはまだ予定のところまで終わっていないこともありました。隣の田んぼの馬があがると、賢い馬はもう自分もあがる時間だとそわそわしはじめます。そんなとき、「あとこれだけ。よその馬はあがったけど、頑張ってね。頼むよ」と馬に声をかけます。「頑張ってー、頑張ってー、わたしを助けてー」と、誰かが聞いていたら何ごとかと思うほどの大きな声で。私はいつも助けてもらっていました。

誰かに自分の悩みを聞いてもらったとしても何の解決にもなりません。そういうことは無駄なこと。そんな話をしてる時間があったら仕事をすればいい、そう思っていました。悩むときにはじっと目をつぶって、くじけそうになる自分を励ましていました。

ある日の朝、そうやって目をつぶって、そして目を開けると「太陽がみえた。家のにぎやかな声も聞こえた。仕事ができる。私はこれで生まれ変わったのだ」という不思議な感覚を覚えました。二番目の子どもを産んだ朝でした。まわり中が光で、私をみんな包んでくれて、応援してくれて、何と素晴らしいことでしょう。「いままで心では耐えているつもりだったけれども、私には耐える力はなかった。そういう私のいのちはこの夜で終わった。きょうからは生まれ変わって生きることができる」という喜びの感覚がわき上がってきました。まわりの人はみんな私の恩師。大自然も恩師。ご先祖様に感謝。両親に感謝。

きょうの日がありがたくて、ありがたくて、そういう思いをしました。昭和二〇一四年六月四日、次女の誕生とともに私は生まれ変わりました。これからは何を言われても耐えられる自分になりました。私は脱皮したのです。

私は生まれ変わりました。いのちとはこんなに尊いものだったのかと改めて感じていました。これまでもいのちが尊いものだとは思っていましたが、世の中のすべての事柄から、これだけの「おかげさま」をいただいていた自分だったのだということを、心の底からわき上がってくるうれしさとともに再確認したのです。このことは夫にも、親にも、誰にも話しませんでしたが、背中に一本ピッと筋が入った感じです。「もう、どんなことがあっても私はへこたれない」ということが自分でよくわかりました。

とくに話をしなくても、親は私の顔を見れば「つらいのだろう」ということはわかります。学校が休みになると子どもを連れて実家に帰らせてもらっていましたが、また婚家に戻る日が来ると、母が「行くがけえ?」と寂しそうに言います。

引き止めるわけにはいかないことはわかっていても「また、帰ったら、毎日、つらい目にあうんじゃないかなあ」と母親は心配しているのです。そして祖母とふたり、せめておみやげを持たせようとしてくれます。

「ばあちゃん、咲枝は行くとぉ」

「ほんなら、かあちゃん小豆だされ。おらぁ小豆でも煮るで」

「おはぎでもしてやれるかよ」

そして母親が小豆をもってきて、そして祖母がもち米をとぎ、おみやげにおはぎを作ってくれたりしたものでした。

母は私のことを心配してくれましたが、私は生まれ変わらせていただいているので大丈夫です。心の中で母に手を合わせ、

「自分のことは自分、自分で負うてかなきゃならんことは自分で負うていきます。心配せんといて。私は大丈夫！」

私は生まれ変わらせていただいた自分で、ありがたい目にあった自分だということを心の中に秘めていました。自分の心に大切なものとしてしまってあったので、口にはだしませんでしたが「私は大丈夫。心配しないで」と何度も母

に言っていました。私は、自分で決めたことで親に心配かけては絶対にいけないと思っていたのです。そういうことを恥ずかしいと思っていました。だから、人には言いません。この親に心配かけないで、生まれ変わったつもりで、この世に生かしていただこうと強く決心していたのです。

いのちというものに対して真面目に、正直に向き合っていました。人間界に生まれさせていただいた「おかげ」というものに感謝して、最後に閻魔様の前で採点を受けるときに、ほめてはいただけないまでも「ほぉ、お前ちょっこりいままで頑張ってきたのか」と、そういう言葉を閻魔様からかけていただける自分であるように、一日、一日、もう、二度とない人生をしっかり生きなければならないと思っていました。

八〇年生きても一度も同じ正月は迎えられないし、同じ暮れもない、みんなそれぞれ一生に一度しかない日ばかりなのだから、愚痴を言ってはいられません。愚痴を言ってぐずぐず過ごす一日も一日ならば、前向きに頑張って仕事する一日も一日です。自分のつらい話を人にしても、その話をして歩く時間がもったいないと思いました。

一度、いのちをなくしたと思ったら、甦《のこ》りの人生はありがたく感じられます。自分は生まれ変わらせていただいたのだから、たとえ意地悪をする人がいてもその人は私の教師だと。わざわざ私を鍛えるために遣《つか》わされてきた人だと自分で考えて、いまなお、こうして生かしていただいているということに感謝しなければならないと思います。くしゃんと縮こまり、親を泣かせるようなことをしたら私は自分が許せないと思いました。子どものそういう姿を見れば、その姿はずっと親の脳裏から離れないでしょう。

大海に石ころをポトンと落とせば輪を描いて波紋が広がっていきます。いいポトンならいい波紋ですが、悪い石ころを自分の力でポトンと落としたら、それがずっと波紋になるでしょう。人間に生まれてきたら、それだけは絶対、してはいけないことだと思いました。人間の道を誤ったことをする子どもであったとしたら、親も悲しんで、苦しまなければなりません。私は親にそんな思いはさせたくない、そう思っていました。

自分のまわりで起こっているできごとはすべて自分のことです。自分を鍛えるためにいろいろな人との出会いもあり、さまざまな問題もふりかかってくるのでしょう。祖母は辛抱していればいつかはいいことがある、と私に言いました。

祖母が、訪ねてきた自分の姉妹にこんな話をしていたのを聞いたことがあります。ついつい愚痴をこぼす妹を制して、「お前、そう言うてでも、あんまり悪く思わっしゃんな。それはお前さんの業約束。生まれたときから決まった、もらってきたもので、お前しか負うていかれんものだから、そんな愚痴愚痴せんと、生きっしゃいよ」。

私も嫁いで一〇年、ちょっとだけおばあちゃんにこぼしたことがありました。「石の上にも三年ていうけれど、昔から三年たってたら楽になるのかなぁと思うた。でもね、三年たっててもね、ひとつも楽のらの字にもならん。一〇年たっても、なおさら仕事がもうたくさんあって、東西南北わからんほど、毎日の日が何日やらわからん。いつかはいいことがあるだろうと思いながら暮らしてきたけれども、何もいいことはないねえ」

おばあちゃんは教えてくれました。

「いまはね、この家から応援してもらっとんよ。お前ね、一生懸命励め、励めっていうて。だけれどもあんたは、やがては、石川の家の威勢っていうものをこの家へちゃんと返さっしゃいや」

いったいどこからこのような言葉がでてくるのでしょうか。おばあちゃんは知恵者、偉いおばあちゃんでした。

自分のことは自分で解決すること、いのちというものはただあるものじゃない、磨くために人間に生まれさせていただいたのです。自分の力でどれだけ磨くことができるのか、それを試されているのがいまの自分です。こういうふうに試されているのであれば、私は自分の力できちんと正しく生きよう。そう思いました。

おばあちゃんからは「太陽さまはありがたい。夕日はありがたい」といつもありがたいという言葉を聞いていましたが、ほんとうの、ほんとうのこと、真の真というものは、自分で体験して、自分で求めなければ自分のものにならないということを厳しい環境の中で教えられました。みんな、自分を育てるためのお師匠さまなのでした。

第五章　仕事は「ののこ」

一　忘れられない豆腐の味

大正一二年（一九二三年）六月二四日、私は富山県に生まれました。生まれたときの体重は六〇〇匁《もんめ》（二二五〇グラム）、いまなら低出生体重児で保育器に入れられていただろうといわれるくらい小さな赤ん坊だったそうです。生きられるか、生きられないか、そんな小さな私を大事に育ててくれたのが父方の祖母、いとおばあちゃんです。

おばあちゃんは豆腐づくりの名人でした。豆腐をつくるときのにがりを打つ加減、タイミングがとても上手で、豆腐屋さんが教わりに来るぐらいのものでした。富山が空襲で焼けたあとに豆腐屋を開業したいという方がおり、八〇歳を過ぎた祖母が堀川まで指導に行ったこともあります。その方はいまでも富山で豆腐屋をしています。

いまは絹ごし豆腐に人気があるようですが、ちょっと硬めの、壊れない豆腐が「おばあちゃんのお豆腐」でした。豆腐を買いに来る人が入れ物を持ってこられないときでも、藁を上手に組み込んで十文字にし、四つの端をちょっと縛って入れ物にして渡します。この藁を「つと藁」と呼んでいましたが、そうやって渡しても壊れない、だけれども食べれば適度なやわらかさをもっている、なんとも絶品の豆腐でした。にがりの打ち方にコツがあったようです。

父もこの豆腐が大好きで、土用のときは豆腐の中にどじょうを入れて食べていました。豆腐を入れた熱い湯の中に生きたままのどじょうを放すと、どじょうは豆腐の中へもぐり込んでいきます。これをまた煮て食べるのですが、これもおいしい夏の風物詩でした。父が子どもに食べさせると言って、沢へどじょうを取りに行くのですが、本当は自分がいちばん食べたかったのかもしれません。おばあちゃんのおかげで、おいしいどじょう鍋になりました。

そしてまた、油揚げが何とも言えずおいしくて、子どもの頃の大好きなおやつでした。大きい大きい鍋に油を入れて、一〇枚ほどの油揚げをいっぺんに揚げていきます。ジュー、ジューと油に入れていく音も、油を切るためにきれいな藁の上に並べられた油揚げの行列も、なんとも食欲をそそります。私たち姉妹は、小学校から帰ってくると、その揚げたての油揚げにジューッとお醤油をかけて一枚食べさせてもらいます。

揚げの色を見て、油がそろそろ疲れてきたなというころには、新しい油で揚げておられた鍋をそうじするときおからを入れて炒ります。油が無駄にならない上に、そのおからも人気があり、大勢の人が買っていかれました。

大豆を煮て、そこににがりを入れると魔法のように固まって豆腐になります。そのにがりを入れる前の汁、それをこのあたりでは「ごう」といいます。いわゆる豆乳です。それも私たちのおやつです。沸騰してこぼれる直前のふわーっと沸き上がったところをひしゃくですくってやかんにとっておきます。そのままでもとてもおいしかったのですが、冬はこれが凍って格別の味わいでした。豆乳シャーベットです。

朝、お茶碗をもって牛乳売りから買って飲んだ牛乳と、この豆腐の「ごう」は、いまでも忘れられないほどおいしかった思い出の味です。

この頃はシャンプーとか洗剤は一般的ではなかった時代。アルカリ性の藁灰を煮たものを使って髪を洗ったりしたものです。生臭い皿などは灰汁で洗うと、とてもきれいになりました。磨くときは砂を使ったりもしました。豆腐を作るときに豆の茹でた汁を手桶にとっておいて、子どものときにはそれで行水したり、髪を洗ったりしたものです。うどんの茹で汁も使っていました。これはみんなおばあちゃんの工夫です。

二　おばあちゃんの知恵

水橋の浜で獲れた魚を魚屋さんが朝、天秤棒を担いで売りに来ます。昔は冷凍にして遠くへ運ぶような流通はありませんでしたから、ここで獲れたものはここでしか食べられません。魚は豊富でいつも獲れたてを食べることができました。

おばあちゃんがお刺身にするためにお皿をもって、魚屋さんに声をかけます。

赤身のところは子どものため、脂ののっているところは父のため、おばあちゃんはそう決めて魚屋さんに切り分けてもらいます。なんで背骨の黒いところが子ども用なのかなぁと思って聞けば、「子どもが育つにはこういうところが、いちばんいいがだ」とおばあちゃん。そんな小さなこともよく考え、道理のよくわかった賢い人でした。

母は一日中、田んぼに出ていましたから、台所仕事はこの祖母の仕事でした。ご飯の支度をしたり、家の中を片づけたり、こまめに家事を取り仕切っていました。蛇口をひねれば水が出てくる時代ではありませんから、水をひしゃくで汲んで台所へ運んでおきます。これはお湯を沸かすためのきれいな水、このバケツは手を洗う水、いつもそんなふうに決めてあり、とてもきれい好きでした。私たち姉妹は、子どものお産のときもおばあちゃんにお湯を沸かしてもらったり、とてもお世話になっているのです。

祖父は私が小学校四年生のときに亡くなりましたが、私は祖母から勉強させられることがたくさんありました。両親は田んぼに出ているわけですから、私たちにいろいろな話をしてくれるのはいつもおばあちゃんでした。

私たちは小さいときから仏縁ということを教わって育っています。朝晩、手を合わせて「おあたいさま、おあたいさま」と言います。おあたいさまというのは、ありがたいことに会わせてもらっているという意味です。おあたいさまで、こういうふうにして会わせてもらうから、私の体もいのちもあるし、ご飯もいただかせてもらっているのだから、なんでも自分の力ではないのだよ、ということです。「感謝だよ、腹立てっしゃんなよ」といつも祖母は言います。いい学校を出たという人ではありませんが、人間的には学ぶところがたくさんありました。

死後の世界には地獄と極楽があって、「極楽さまには後光がさしとるんが。太陽、沈んでいくんがみんなで見よう」と、夕陽に手を合わせる祖母です。私たちもおばあちゃんの真似をして手を合わせ、なんまんだぶ、なんまんだぶ……。

でも、幼い私には不思議に思っていたことがあります。南無阿弥陀仏を唱えて手を合わせたら極楽さまに行けるというけれど、そんなに簡単に行けるものだろうか、と。何かもっと他にあるのではないだろうか、と。だけど、おばあちゃんたちは南無阿弥陀仏とさえ唱えていれば、極楽さまに行けると言います。幼心にもやっぱり地獄には行きたくないし、極楽へ行きたいと思うものです。幼い疑問はあったにしても、おばあちゃんから「手を合わせっしゃいよ」と言われれば、素直に手を合わせていました。

この祖母は、夜になっても小さな灯りの下でこまごまとした仕事をよくしていました。「夜の風は母の風。朝はてて（父）の風。だから夜の母の風のうちに仕事しておいたら、朝のててのの風でちゃつらかろうが」。夜の母の風は優しいから、何でも夜にすませておいたほうがいいのだよと言いながら働いていた祖母です。

富山では冬はむしろ織りをしたものです。稲刈りも終わって、田んぼに雪が舞う頃には、どこの家でも畳の長さのむしろを織り始めます。昔、畳は客間の座敷だけで、自分たちの住まいはむしろを敷いていました。客間の畳も何か行事のあるときだけ敷いて、普通はみんな上げてあります。そういう家ばかりではなかったでしょうが、だいたいそんな暮らしです。

雨よけ稲にかける被いの「藁がい」も必要ですし、雨具の「ばんどり」、ほうき、わらじ、ぞうり、戸の代わりに下げておく「こも」、そういうものはみんな冬の間に作っておきます。稲を刈ったら、その藁を大事に柔らかくして、晩秋から冬にかけてはずっとむしろ織りの仕事です。お米を売って現金収入が得られるのは年に一度だけですから、藁を加工して製品を作り、これを現金収入とするのです。魚でも牛乳でも、田んぼや畑でとれないものはむしろを売ったお金で買うことになります。本当に一年中、休む暇がない生活でした。祖母が夜なべでむしろを作っている姿がいまでも目に浮かびます。

学校の友だちの中には、田んぼの手伝いをするのに学校を休む人もいましたし、託児所がないときは学校の授業に小さい弟や妹をおぶって来る人もたくさんいました。私も手伝いはしましたが、学校を休んでまで田んぼに出ることはありませんでした。そういう意味では恵まれていたほうかもしれません。私は二〇歳も年の離れた弟をふくめて五人きょうだいです。当時の子ども五人は少ないほうで、たいていは七人以上、一〇人きょうだいぐらいが多く、上のほうの子どもは末の子の親代わりのような役割を果たしていました。

終戦になって農業ばかりではなく、富山にもさまざまな産業が発展して暮らしやすくなりました。昔は女の人が仕事に出て行くということはありませんでしたし、職場もありません。農家なら、むしろを織って、それを副業にしていたのです。富山は売薬が有名ですが、おとうさんは売薬さんに行って留守の田んぼをおかあさんたちが守っていた家庭もたくさんありました。

いまのようにどこの家でも暖房設備が整っているわけではありません。冬の夜の仕事は寒くて、冷たくて……。おばあちゃんはいつも「仕事はののこ」と言って一生懸命、仕事に励むことを教えてくれました。「寒いって縮こんどったら、なお寒い。寒かったら寒いだけ、仕事せっしゃい」。

「ののこ」というのは、暖かいということ。いまなら携帯用カイロでもふところに入れておけばいいのでしょうが、昔はそんなものはありません。仕事をすれば血の巡りがよくなって、暖かくなる、だから「仕事はののこ」と言っていたのです。

この祖母に、私はすごく可愛がってもらいました。一度注意したら、二度と注意しなくてもいい、近所の人から「かたいあねこだねえ」といわれてほめられる、おばあちゃんの自慢の孫だったようです。

三　しっかりものの長女

祖母や母親から助けられながら、私は嫁として、妻として、そして母として多忙な日々を送っていました。本当に毎日が、季節が、一年が飛ぶように過ぎていったのです。農作業の合間を縫って父母会に行くと、学校の先生から「おかあさん、勉強の話はいいが。どういうふうにして子どもさんを育てているか、それだけ聞かせてください」と言われました。子どもたちの生活態度に感心なところがあるということで、あまり子どもをかまってやれる時間もない母親にはうれしい言葉でした。

私は女の子ばかり、四人の子どもを授かりました。お舅さんたちは、この次は男だろう、この次は男だろうと言って、男児の誕生を待ちこがれていましたが、私はどの子を産むときもお腹をなでながら、男でも女でも、人間に生まれてきたら少しでも社会にご恩返しのできる子どもになってくれればそれでいいと念じていました。

女の子だったらみよい子（美人）に生まれればいいと思うし、いい子が生まれてほしいと思うのは親心です。とはいっても、体は産んでも心を産むことはできないし、見目麗しい子ではなくてもそれは与えられた顔だから親がどうすることもできないでしょう。

「人間はね、ただ因縁がないと生まれてこれんが。だから、女の子だったとか、みたくさいとか、もったいないこといわっしゃんな。人間界に生まれてくるときは、亡くなる日も決まって、因縁のある人も決まって生まれてくるがだよ」

と、おばあちゃんが子どものときにしてくれた話を思い出します。

「身体は産んでも心は産まれん」とおばあちゃんが言ったように、「顔は自分の心で作るもの」と私は子どもたちにそう言ってきました。「みたくさになるにも、みよくなるにも、あんたたちの腹の中の一つ、考え方一つ」、そう言って子どもを育ててきました。

着替えもボタンかけもみんな自分でするように。お布団も自分で敷いて、またたたむように。なんでもいちばんたかの子（年上の子）にだけ教えていました。これは顔のタオル、これは手のタオル、これは足のタオルと教えて、「お風呂に入らないで寝るときにはちゃんと手を拭いて、足を拭いて、そして寝るのよ」と一度だけ、長女に言っておきます。一度、教えたあとは、靴下のかかとが上にまわっていたりしても、私は子どもたちに手を貸しません。長女だけに教えているので、長女は妹たちの監督さんです。

雨で田んぼに出ない日など、たまに子どもたちが学校へ出かけていくときに私が家にいることもあります。「あら、ボタンがかけちがっている」と言って、三女のボタンを私が直そうとしたら、長女が「かあちゃん、何するが。自分で直さんにゃ。手かさん、何もかされんておかあさん言うたでしょ。だから、あれでいいの。自分で気づいたら直すの」と怒るのです。なかなかしっかりした娘でした。

この長女が小学校へ上がる前のことです。農繁期には婦人会で託児所を設けますが、私の四人の娘たちにもおにぎりをそれぞれにもたせて託児所へあずけていました。まだ六歳にならない私の長女が託児所で評判だったそうです。毎日、まず三人の妹たちにちゃんとおにぎりを食べさせ、食べ終わったら手を拭いてやって、みんなのお弁当をきちんと片づけてからやっと長女が食べはじめるのだそうです。私がそうしなさいと言ったわけではありません。いつも家の中でそんなふうにしていたので、外でも当たり前のようにしていたのでしょう。「明美ちゃん、最後に自分が食べられるが。感心だった。注目の的だった」と、ずいぶん時間がたってから聞いた話です。母親が忙しいのを見ていて、幼いながらに自分が妹たちの面倒をみなくては、と思っていたのでしょうね。責任感の強い子でした。

そういえば、こんなエピソードもあります。我が家はおじいちゃん、おばあちゃんと私たち夫婦、そして子ども四人の八人家族でした。だから、おいしいものをいただいたりするとなんでも八つに分けて食べるということになっていました。キャラメルをどこからかいただくと、昔は一箱に一六個入っていたので二個ずつ分けます。リンゴは八等分に、一個のミカンも等分して、残ったら半分にして、あんたとあんたと半分ずつ食べなさい、そういう食べ方をすることにしていました。

あるとき、その一六個のキャラメルを前にしておばあちゃんがこう言ったのです。「おじいちゃんは寝とられるから、あんたたち、この二つ、ジャンケンポンして分けて食べっしゃいよ」。すると長女が「それは私、食べても飴が口の中から、喉に落ちて行かんが。おじいちゃんの頭のたかへもっていってくるから、目がさめられたらわかるから」というのです。そして、もう電気を消して暗くなった部屋へそっとしのんでいって、ちゃんと枕元へ置いてきます。「これでやっと飴が喉に落ちる」。まだほんの小さいときです。そんなことを教えなくても、みんなで分けて食べるものだと思って育ったのです。

小学校のとき、子どもたちはみんなお揃いのうわっぱりを着て登校します。衿だけが真っ白のうわっぱりを着て、並んで歩くさまは可愛らしいものでした。朝から晩まで田んぼ仕事で忙しかった私は、子どもたちにしてやれることはあまりありません。ただ一つ、この真っ白な衿へのアイロン掛けだけは欠かしませんでした。夕食が終わって、洗濯物をたたみ、寝る前に糊貼りの衿にアイロンをかけて枕元に置いておきます。

あるおかあさんが「石川さん、長い間なら、子どもさんのあの糊貼りの衿は、あんた忙しいがにいつしられんがけ、あれだけは感心だったわ」と言ってくれました。見ていてくれる人もあるのですね。

四　大地に守られて生きる

夫の貢さんの弟は、昭和二〇年の八月九日にハイラルというところで、戦病死ということになっていますが、お骨も何も帰ってきませんでした。一八歳のときに召集を受け、千葉の軍隊に入って前線に行かれたという話です。戦病死という通知があったのは、もう戦後一三年もたってから。お葬式は、一三回忌だったのです。

戦後しばらくは「尋ね人」というラジオ番組があって、「この軍隊におりましたこういう人を知っている人はいませんでしょうか」、「名前だけでも知っている方は、こちらまでちょっと電話ください」などという内容の放送をしていました。

義母が毎晩、「かわいやかわいや、おら編んでやった毛糸のシャツと股引、あいつ今頃、はいとろうかのお」、「かわいやかわいや、どこにどうしておるかの。一日でも早くこの耳に聞かせてくれんかのお」などと独りごとを言いながら、ラジオの前に座って泣かれるのです。「岸壁の母」という歌がありましたが、あれと一緒です。フィリピンから引き揚げて来られた方、中国から引き揚げて来られた方、船が沈み多くの人たちが、いまも海底に眠っておられることでしょう。むごたらしい話です。

子どもたちにものごころがついてきた頃のことです。ある日、次女が言いました。「おばあちゃん、涙も枯れたでしょう。きょうは泣かないで。代わりに私たちが泣くから」。

そして、おばあちゃんと同じ口調で「かわいやかわいや、ばあちゃんがこんなに待っておられんがに、早くどこにおるかって聞かせてくれたら安心なのにのお、どこにおるんかいのお」とわんわん泣き出し、四人姉妹の小さい手でおばあちゃんの背中をそっとなでるのです。「かわいやかいわいや、こんなに待っとんのに、どこにどうしておる」と。

おばあちゃんの偉いところは、「ああ、何気なしにおらの言うとったことが、こんな子どもに傷つけておったかいなあ。おらこれで、泣くがやめた。明日から泣かん」と言われて、その日からきっぱり泣くのをやめられたことです。それまでは日課でした。

戦争の悲惨さといえば、その当時を生きたものの心の底にみんな残ってます。

夫の友だちを特攻隊で何人もなくしています。「あれも、これも、それも、どういう思いしとったかの。おらあ五十何年間生かさしてもらった。だから苦しいとか、貧乏とか、幸せとか、不幸せだとかいうもんではないが。生きとって、結婚もできた、子どももできた、孫もできた。何の不足もない」とよくそう言っていました。

人間なんて欲をだせばキリのないものです。自分に負けてはいけないということを、母親となったら、そういうことを少しずつでも教えていく母親になっていかなければならないと私は思っていました。

早春の田んぼの畦ぬりは足の指がまっ赤になるほどの冷たさです。そういうときには、生きているということを痛感させられます。冷たさが頭のてっぺんまで走り抜け、自分のいのちではなく大地のいのちが聞こえてくるほどの瞬間があります。泥の中の暖かさ、何か広大なものに守られているというような感覚が地面の中から私の中へと流れ込んできます。ああ冷たいなぁと思った瞬間に、大地の中から聞こえてくる振動が自分の体を突き抜けて脳へ行くとでも言ったらいいのでしょうか。

ちょっと横道に入ってしまったような子どもでも、裸足になって大地の声を感じるような体験をしたら、悪い子にはならないのではないかと私は思います。いまは畳があって当たり前、暖房があって当たり前、雨の漏らない家に住んでいるのが当たり前と思っているかもしれません。けれども、暑さ寒さがしのげないで、地面の冷たさを自分の足で感じたときに、生きている自分のいのちっていうものはいかに守られて、「ありがたいものだなあ」ということがしみじみとわかるでしょう。

私は農業をして、「しんどうてわからーん、これ放り投げたいなー」と思ったときも、裸足で地面の中に入ったら「お前、何いうとるか。恥じないように生きれや」という自然の神様の声が聞こえてきました。叱られたことも、つらいことも、何かいわれたことも、みんな忘れてしまいます。ありがたいものです。農業人にとって「お米さま」の親は大地です。大地の教えは自分の肌で感じないと、人から聞いてもわかるものではありません。涙を流さにゃならん、

一人で稲刈りをしている（稲を束ねている）私。38歳

頑張らにゃならん、そういうつらさの中から教えられる、無言の教科書だと私は思います。

第六章　さまざまな別れ

一　夫の両親を看取る

義理の母、石川のおばあちゃんは身体の弱い方でした。私が嫁に来たときは、生きてもあと一〇年くらい、六〇歳までは生きられないだろうといわれていました。だから大事にしてやってくださいと、夫の兄弟からも言われていたくらいです。ところが孫が生まれて、田んぼでもいいお米が収穫できるようなると、重湯が主食だったおばあちゃんがだんだんお粥が食べられるようになり、そしてご飯が食べられるようになり、子守をしたり、他の仕事もできるようになりました。元気になって、七二歳まで生きることができたのです。

そのおばあちゃんが亡くなるときに、私に「あんた、これから、往来、威張って歩いてくだはれ」と言われました。私は威張るところなどひとつもないのにと思いましたが、これは私に「ありがとう」と言いたかったのだと思います。そんな言葉は気恥ずかしくて言えなかったおばあちゃんが、威張って歩けという素晴らしい点数をつけられたのでしょう。

義父は、八三歳までスクーターに乗って元気に走り回っていたのですが、その後、病を得て四回の入退院を繰り返し、六年間の闘病生活を経て八八歳で亡くなりました。

私は、嫁ぎ先の先祖さまを尊ぶことと両親に仕えること、両親の最期を見届けることは、嫁に来た者のいちばん大事な勤めであると子どものときから、そう言い聞かされていました。義父の死に水をとったのは私でした。明治生まれできつい言葉も言われたけれど、「これまでおらぁ生きとって、生まれてきたかいあって（どんなことがあっても）、お前に水をもらうぞ」、そう言ってくれたおじいちゃんの最期でした。自分の息子や娘が来ているのに、私に最期の水をとらせてくれたおじいちゃんに涙が出ました。

嫁に来た以上は仕えなければならないという心は持っていたのですが、最期、死に水まで私にとらせてくれて、言葉ではないけれど「満足だったぞ」と言われたことは、これで嫁としての責任を果たすことができたという感慨がありました。「育ててもらった親にもご恩があるけれども、自分が育ててもらったことのお返しを嫁いだ先の両親にしていくために私はこの人と一緒になった」。私はお嫁に来たときにそう思っていました。お墓にはいるときはみんな一緒なのだから、表には出なくても、うちとけて、そこまでになっていかなければいけないと決心していたのです。縁の下の力持ちといえばいいのでしょうか、そういう自分でなければいけない、と思っていました。

おじいちゃんの闘病生活が始まった頃、兵庫県に住んでいた長女夫婦が戻ってくることになり、同居することになりました。ある日、義父の介護に追われる私に長女がこんなことを聞きました。

「かあちゃん、毎日、何、思うて日立てとんが」

私はこう答えます。

「病気はね、病みたて病んどる人はおられんがよ。看護させてもらえる自分が最高。かあちゃんは看護できる自分がきょうは最高。おじいちゃんに手を合わせて、おじいちゃんの好きなようにちゃできんけれども、そばにおる自分、顔見れる自分、声聞ける自分、最高だよ。そう思うて日を送っとるよ」

長女は、介護疲れで私のほうが倒れてしまうのではないかと心配していたようです。そして私が病気になって、おじいちゃんの看護もできなくなって、今度は自分がふたりの世話をしなければならないのではないかという不安もあったようです。「かあちゃん、私はできないわ。同じようには、一秒も真似はできない」と言いました。

長女は、私の答えを聞いて安心したようです。「私、これでかあちゃんの心配せんでもいい。かあちゃんは絶対、弱々しくなって、病気になって、そういう人でないということがよくわかった」と納得してくれました。私は、「それは、あんたはあんたの人生、私は私の人生。いかにしてその人生を自分で楽しんでいくかやね」と答えたものでした。

おじいちゃんのおむつをとったり、お湯で身体を拭いてあげたり、爪を切ってあげたり、頭をバリカンで散髪してあげたり、布団を取り替えたり、マッサージしたり……、毎日のことです。「なんで私が?」と思ったら自分自身が不幸になります。私はさせてもらおうと思っていました。幸せというものは自分で積み上げて行くものだと私は思います。不幸だと思えば、不幸も知らないうちに積み上がってしまうのです。

おじいちゃんは体格のいい方でしたから、実際、体力的には大変でした。お見舞いに来た夫の兄弟たちが義父を起こそうとしてもなかなか起こすことができないくらい大きな人でした。「あれ重たや。ねえさん、こんなじいちゃん、毎日、どうして看護しとんが?」とみなさんが驚かれました。でも、こういうことにはコツがあるのです。ただ起こそうと思っても、起こせるものではありません。寝台に紐を結んで、「おじいちゃん、紐もたれ。号令かけるよ」といって、「いち、にいの、ヒュッ」と反動で起きあがってもらいます。そのうち、シーツ交換などは看護師さんより上手になりました。知恵がついていくのです。

みんな口々に、大変な看護しながらどうしてニコニコとおじいちゃんと話したり、楽しそうな顔ができるのかと不思議そうに聞いてきました。確かに、当時の写真をみても私は明るい顔で写っています。それは体力的には大変だったかもしれませんが、義父の「みんながよってくれてこの上ない。先生にもえらい治療してもろうとるわ。これ以上、ない日やのぉ」という喜びに満ちた顔を見ていたら、私のほうも「きょう、こうやって話ができるのだから、最高の日よねえ」という気持ちになっていたのです。作った顔ではなく、本当にそう思っていました。

「石川さんがつらそうな顔をしているのを見たことがないねえ」という人もいます。私はつらい顔をみせるのは自分の心に申し訳ないと思っていました。思っていることが鏡のように顔に現れるでしょう。顔が心であり、心が顔なのだと思います。

二　父の大往生

弟が生まれたのは、私がもう二〇歳になろうかという頃です。私が結婚して家を出ていくときにはまだ幼児といっていい年齢でした。私たち姉妹がみんな嫁いでしまったあと、小さな弟が母とふたりで、田んぼ仕事にもよく頑張りました。

姉である私たち姉妹は、大切な跡取りの男の子なのだから、たくさん牛乳を飲ませたり、「ちょっこり大事にしてやったほうがいいんじゃないの」と言っていたのですが、厳しい父は容赦ありません。父は可愛ければ可愛いほど、つらい目にあわせないといけないと言うのです。「親と長いことおらんがだから、なおさら厳しいがせにゃならんが」と。そういうものなのでしょうか。

昭和二九年、村で戦後の耕地整理がはじまりました。くねくねと曲がっていた田んぼの畦をまっすぐにするとか、境界をはっきりさせるなどの基盤整理です。各家から作業員を出さなくてはなりません。母も出ましたが、身体が弱いこともあって、弟が作業に出ていました。

「つぶり」という荷物を運ぶ、いまでいうリュックのようなものを担いで、土を運びます。器用な父が、子どもに担がせるために小さな「つぶり」を作って、そこのひとっかけの土を入れてもらって弟が運んでいました。小学校六年生のときでした。小さい背中につぶりを背負って。

父は何をしていたのでしょうか。碁を打っていたとか……。肩のケガがあるから、力仕事はできないといっても、弟が少し可哀相だと思いました。田んぼだ近いので弟に出会うこともあります。ある日、たまたま弟とふたりになったので、「じいちゃんも少し手伝いすれば、いいがにねぇ」と言ったのです。すると弟の返事はこうでした。「姉ちゃん、なに言うがけ。じいちゃん、もう六一だよ。だから休ませてあげんにゃ」。

私はびっくりしました。私たちがいなくなってから、弟と母に田んぼの責任がかかり、仕事もたくさんあります。父が少しでも力仕事をしてくれればいいのにと何気なく言った言葉で、弟に叱られてしまったのです。

弟は、そういう優しい子でした。九二歳のおばあちゃんが、だいぶん弱って一年ほど病気になったときも、弟がおばあちゃんと一緒に寝て、起こしてあげたり、水を飲ませたりしていました。誰に言われるでもないのに、何も言わないで黙々とそういうことをしてくれる気持ちの優しい子です。

母が癌で亡くなってから一九年間、父はあいかわらず毎日、ワイシャツを着て、ネクタイを締めて、九二歳まで生きました。だんだん年をとっていく中で、いまはこうして元気だけれど、病気をして病院通いをしなくてはならない日も来るかもしれません。でも、父は病院が大嫌い。「おらはここで、自分の家で死んで行くから」と、年をとっても頑固な父でありつづけました。こんな父でしたけど、立派な息子に恵まれて、父は幸せな人だったと思います。

言葉通りに、前の日まで草をむしっていて、夜中に心不全になってコロッと、ここで死ぬぞと言ったところで息をひきとりました。前日まで自転車に乗って走り回り、一度も痛いともかゆいとも言わず、寝つくこともなし、薬を飲むこともなし、注射もなし、苦しむことのない最期でした。息を引き取る間際に「おーい」と呼んだらしいのですが、何かガタゴト音がすると思って、弟が起き出してみたら、もう息はなかったそうです。朝になったら草むしりの続きをやるつもりで、鎌と腰掛けが外に置いてあったそうです。

まったくの大往生です。「ああいう大自然の、大往生する人ちゃ、もうおらんもんじゃろう。あんたの父親みたいにそういう人ちゃ、もう出てこん」とみんなが言っていました。平成三年四月一七日のことです。

そういえば、私の大好きだった祖母も医者にもかからず、薬も飲まずで、こっとんこという感じで息をひきとりました。祖母も九二歳でした。いまから思うと、どうして九二歳までそんなふうにして生きていられたのかと思います。いまはちょっとどこかの具合が悪いと言っては病院通いをしている人が多いのに、人の手を一つも煩わせずに、自然のままに大往生。理想的な死に方だといってもいいかもしれません。誰しもそんなふうに死にたいものでしょう。

三　長女を失った悲しみ

親たちが先に死んでいくのは、それは順送りというものです。最期を看取るのも子の務めと諦めがつきます。でも、娘がまさか先に逝ってしまうとは。泣いても泣いても、涙が枯れるほど泣いても、まだ泣き足りないほどのことです。長女の明美がこの世を去ったのは、まだ五三歳の若さでした。

私は子どもたちとはゆっくり話をする時間もないような忙しい暮らしを送ってきました。「家の宝物にこんなのあんがだよ」と言って、一緒に眺めたりすることが一度でもあったらよかったのにと思いました。長女が入院していた病院では治らないまでも退院していかれる方がたくさんいました。一度でも、少しでも回復して家に戻ってこられたらどんなに嬉しいことだったでしょう。これは私の贅沢な思いでしょうか。病気がわかったときには、もういのちがなくなる……こんな悲しいことが起きてしまったことが信じられません。毎日、一緒に暮らすことができただけでもよかったと思うしかないのかもしれません。本当に人生にはこういうことがあるのですね。夢であったらどんなにかいいのに、と思いました。

明美は病院で高齢者介護の仕事をしていました。相手の気持ちを考えながら、その人になったつもりでいたわりながらお世話する子で、お年寄りにも好かれていました。「あんたにさわってもらうだけでも元気がでる」という人も多くて、いつも周囲をなごやかにしてくれるような娘です。子どもの頃からのしっかりもの、そして、きれい好きできちんと仕事をするので、明美が来るのを楽しみにしていてくれたお年寄りがたくさんいたようです。亡くなったときには院長先生はじめ、多くの人が惜しい人を亡くしたと悼んでくれました。

明美は病院の現場で働くかたわら、介護士の試験を受けていました。仕事も家も忙しいので、勉強も大変だし、なかなか受験に行く時間もとれなかったようです。合格したときは新聞に名前が発表されました。その新聞を水橋の駅まで行って買ってきて、家の人には何も言わないで新聞に印だけつけて置いてあったそうです。それが一月、三月には三番目の娘（私にとっては孫）の大学入学を見届け、下宿の世話も全部すませて、さあこれから介護士として一生懸命に仕事をしようとしていた矢先にこの世を去ることになったのです。

昼間は病院で介護の仕事をして、帰ってきてから夜遅くまで勉強していたのですから無理したのだろうと思います。病院には夜勤の仕事もありますから、並大抵の努力ではなかったのではないでしょうか。病院の先生方も他人に任せないで、自分で一生懸命やる性格だからとおっしゃっていました。ルーズにしていれば長生きできたのかもしれないとも思いますが、やはり本人はそんなことはできなかったのでしょう。それでも、自分の娘に「あの試験とらなきゃよかった。無理をしたから身体も疲れたんだろう」と言っていたことを聞きました。

本人も知っていましたが、もう余命がいくばくもないとわかっていたころ、明美の妹、私にとっては次女のけい子が病院に見舞いに来るのを楽しみに待っていました。六時頃になると「もうけい子ちゃんが来てくれる時間だな」とそわそわしはじめます。けい子は二か月間、毎日、病院に通ってくれました。病院では思うようにお風呂にも入れません。暑くて、暑くて、富山県が日本一暑い日が続いた夏、けい子が髪を少し切ろうかと提案してくれました。明美がとても喜んだので、さっそく行きつけの美容院に頼んでくれたのです。美容院の方がわざわざ病院まで来てくださって、体の調子も考えながら洗髪し、カットをして髪も整えてくれました。本当にありがたいことでした。

体はどんどん悪くなっていくのだけれど、明美の闘病生活はただあきらめて死を迎えるという姿ではありませんでした。「惜しまれて逝くっちゃ花だよ。かあちゃん、この上のことちゃ何も願うことない、今日の日はこれで最高。これでいいの」と、惜しまれて逝くのは本望だと言っていました。自分の心にそう言い聞かせていたのかもしれません。苦しいなどとは一言も言わず、みんなに「ありがとう」と繰り返すのです。潔いといえば潔い、あっけないといえばあっけない短い命でした。

「あしたには紅顔ありてゆうべには白骨となりき」

お文殊様にも書いてある通り、私と夫は毎日お経をあげて娘の生きていたときのことを偲び、残された家族は力を落とさないで頑張ろうと話していました。寂しい、寂しい思いをしましたけれど、少しずつ乗り越えて、みんなで心を合わせて頑張っていかなくてはなりません。

いちばん寂しいのは若くしておかあさんを亡くした孫でしょう。本当に寂しいと思うけれども、その孫たちは誰に言われるでもなく、自分からすすんでおかあさんの位牌の前で手を合わせて南無阿弥陀仏といいます。私にはこれがいちばん嬉しく感じられます。お参りしなさいと言わなくても、ちゃんと手を合わせて亡き人を偲ぶ心を明美が育てていったのだと思います。精一杯生きて、いのちをかけて、教えていった親の一念だと思うのです。

「いのちかけて自ら教えていったんだね。私が教えなくてもあんたが教えたんだね。偉い偉い」

私はそう語りかけながら、写真に手を合わせます。

体を張って教えていくということが一つでもできていれば、若くして死んでも八〇歳まで生きたより価値があるでしょう。夫は「あの子は八〇歳までの生き方を、短い時間で手本を示していったのと同じだ。八〇歳まで生きても他人のできないことをあの子はしていったんだ、立派、立派。八〇歳まで生きたのと一緒、いつまでも悲しんでいてはいけない」と言いました。

娘の笑顔は、夫の笑顔ととてもよく似ていて、いまでも私の脳裏にはっきりと残っています。

四　夫との永遠の別れ

夫は声のきれいな人で、歌がすごく上手でした。中学校のときに音楽の先生から音楽学校へ進んだらいかがですかといわれたくらいだそうです。両親がそんなところへいってどうするつもりだといって反対したために実現しなかったとか。ところが家ではほとんど歌ったことはありません。同級生に学校の校歌がすごく上手だったということだけを聞きました。

教師をしていたときには研究熱心で、研究授業でソニーからなにか賞をいただいたこともありました。私にはよくわかりませんが、なかなかもらえない賞だそうです。学校を退職したのは六〇歳のとき、それからずっと寺のお世話役をしていて、村の総代を三年間、また神社のお世話を四年、そのほかにも遺族会とか、旅行会とか、こまめに働いていました。

ずっと外で仕事をしていた人なので、夫は退職してからはじめて村のことにかかわりました。お勤めをしている男の人はだいたいがそうでしょうが、住んでいるとはいえ、地域社会のことは夫の知らない世界でした。村の総代に選ばれたときにも、村の地番とか、小さな用水の名前などはまるで知りませんでした。二人で地図を見ながら、いろいろと語り合いました。はじめて聞くことばかりなので、大変だったと思います。

村には村の問題があります。畦一本をはさんで家同士が争うこともあります。畦が曲がった、こっちへ寄った、たったそれだけの問題でも喧嘩になったり、それがもとで長いこと隣人同士がうまくいかなくなったり、村の境界というのは難しいものです。それはただ地面の問題だけではなくて、人の考え方の違い、感じ方の違いにも配慮しなくてはなりません。夫はうまく取り合っていました。「やっぱり石川さんだ」「さすがは石川さんだ」と、村の人たちからも信頼をいただいていたようです。

夫が亡くなったのは平成一四年一月一七日、七九歳でした。義父は九二歳まで生きたし、体格がよくて、病気になっても痩せたわけでもないので、こんなに早く死なれてしまうとは思ってもみませんでした。病名は肺ガン。若い頃に肺を病んだことがあるという話は聞いていましたが、煙草も吸わないのになんで肺ガンになってしまったのでしょう。

暮れの一二月の三〇日に入院して、明けて一月一七日に。あっけないものでした。布団一枚汚すわけでなし、病院の着物を一枚汚すわけでなし、ほんとうにきれいな病人でした。前の日には私が作ったご飯を食べて、家から煮て持っていった大根もおいしいと言って食べました。「これは家で作ったんよ。前の畑でとれたんよ」と言えば、「うまいのお、家の地面がいいがかなあ」と喜び、私に「そんなとこにおらんと、やすまっしゃい、やすまっしゃい、そこに腰掛けてやすまっしゃい」と気を遣ってくれました。

翌朝、「おとうさん」と呼んでも応えません。お医者さまもびっくりして「石川さんっ」と何度も呼びかけたのですが……それから一時間もたたないうちに、はや帰らぬ人となりました。

一〇〇歳まで生きたいという人もいます。夫は七九歳で亡くなりました。お友だちはみなさん健在でいらっしゃるけれども、いつも、口癖の様に、「それは欲というもの、これだけ生かしていただいた。この上なし」と言っていました。その後、体調がすぐれず、静かに息を引き取ったのでした。長女の明美と同じです。

お葬式のときは、たくさんのお友だちから素晴らしい弔辞をいただきました。みなさん、男泣きに泣いて「石川くんには数限りない、いい思い出をいっぱい残してもらった」と言ってくださいました。

夫は入院している間もずっと日記をつけていました。三年綴りの三年日記。

これだと去年のきょうは何をしていたのかがわかります。最後は痛みがあって、つらかったと思うのですが、その日記に「きょうは玉のような日を暮らさせていただきました」と記されています。夫にとってどんな玉のような日だったのでしょうか。心の中にずっといままでのことを、幼少のときからのことを思いうかべて、両親のこと、孫のこと、世話になったこと、そういうことを頭に浮かべて「玉のような日」と書いたのでしょうか。私はそう解釈して、おとうさんは偉いなあと思いました。

夫と父は、生まれた年はもちろん違いますが、誕生日が同じ日です。そして、死んだ日も年と月は違っても同じ日でした。不思議な縁ですね。その夫の最後となった誕生日、平成一三年一一月一〇日、予期せぬ誕生日会が開かれたのです。

魚屋さんにお刺身を注文したら、特別に頼んだわけでもないのに鯛の活き作りを持ってきてくれました。せっかくだから写真でもとっておこうかと言っていたら、連絡もしないのに夫の兄弟や私の姉妹たち、みんな指図されたようにいろいろな人が立ち寄ってくれて、ときならぬパーティになってしまいました。実はこのときに、「こんないいことって、なんか気持ち悪くない？」と私は心の中で思ったほどだったのです。私の思った通りだったのですね。神さまはみんなわかっていたのではないかといまでも思います。

私と夫は、いつも「子どものおかげで、幸せな日だねえ」と語り合っていたのです。「先祖のおかげもあるけれども、いまは子どものおかげで、袖振り合うも他生の縁でたくさんの人と出会えさせてもらってね。おとうさん、子どもに感謝だよね。私ら、この小さな人間界に生まれさしてもらったけども、出会ったものは本当に大きいわねえ」と。

夫は、ときに「かあさんの説教」と言っては私をからかいましたが、思いは同じだったのでしょう。孫が階段をたたたっと登る足音を聞けば「おお、あの孫の足音、金を出してでじゃ買えんぞ。一万円出してもきかれんぞ」などと感慨をもって私に言ったものです。「生きているからこそであり。どれだけ生きとってもただ生きとるだけじゃあの言葉は聞かれん。うちの孫だらこそ、聞か

秋の収穫、ひと休みのところ（後ろは弟夫婦、手前は私）

畑のすいか

れたんだなあ」。

毎日が二度と会えない人生の一日。これから先、どんなに苦しい、つらいことがあっても、生きているからこそ、そういう目にもあえるのだから、感謝して、感動して、二人三脚で生きていこうと語り合いました。それが宝、それが幸せでした。いま、二人三脚がひとりぼっちになってしまいましたけれども。

でも、「みんなに励まされて、元気にしてるよ」。

終章　いのちにありがとう

一　大自然に感謝

他人から何かを言われたといって落ち込んで、仕事する気をなくしていた人がいました。色々な本を読んだり、お寺の住職さんたちの言葉を聞いたりしても悩みが晴れないといいます。私のところへ訪ねてきて、「田んぼ行っても力出んが」と嘆くのです。私は、こう答えました。

「あんた、ひとりで生まれたんでないよ。ご先祖さまの力、両親の力。そういうときにはね、影で見えんところであんたを守っとる人はね、どんなしてたと思う？　全身の力でぎゅーっと、何くじけとるーっ、頑張ってくれやーってね、一所懸命に励ましてるんだよ。頑張らんでどうするの。負けないで」

自分に負けるということは、いちばん不幸だと私は思います。どんなことでも乗り越える力、それはちゃんと自分で培っていくものです。

「それまでに大きくしてもらったでしょうが。川の流れ、四季の移り変わり、寒風、そういうときにはみんな勉強だよ、そういうときに絶えず自然の力、見られ」

川が荒れ狂っててどろどろの泥水が流れていても、嵐がやんだらきれいな水がもどってきます。そういう自然界がみんなお手本であり、師匠です。自分の目でそういう大切なものを見て、自分のものにしていかなければバチあたりでしょう。大自然に感謝。朝日、夕日、いのちがあったから朝の光が見えるし、きょう一日のいのちがあったから夕日も見ることができます。そうしたら、元気百倍です。

「大自然や両親にこれからご恩を返していかれるっていうことは、最後に閻魔様の前に立ったときの点数よくなるぞ。だから、悪口いう人、いちばんに嫌いな人、そういう人はお手本。そういう人は師匠さま。仏様が姿を変えて、そういう人の姿になってあんたを導きに来て、力をあんたに与えるために来るのだと思うよ。だから、そういう人には手を合わせて合掌するもの」

「この日々の、いままでの生活の積み重ねが今日にあるっていうことは、ちょっこりでも曇っとったら、その雲がまた邪魔するわね。だから、この四季の天気の移り変わり、嵐、秋の稔り、春の芽生え、こういうところがみんな勉強ですよ。自然がこんなふうにして、わかりやすく教えてくれるのだからね。うれしいでしょう」

私は若い頃に脳まで突き抜けるような冷たい冬の大地中の声を聞くことができて、それだけ早く自分が幸せをもらったんだと思います。孫は、「苦労をしたけれども、苦労を苦労と思わずに何ひとつ愚痴言うたこともなしに、苦労をしてきたっていうことを聞いたこともない。立派なもんだ」と私のことをほめてくれますし、私は他人から苦労と言われる中で、早くから幸せをもらっていたのです。

子どもや孫たちが来て食事するときに、こんな話をすることがあります。

「人間は生きたものを食べていかんといのちが保たれん。だから、ただ食事として食べているかもしれん。それは成長していく段階では必要なんだから、いただきますといって食べるけれども、これを食べて、いただいて成長した暁には、ただでちゃおれんがよ。ご恩返しっていう責任があるんだから。絶対に間違ってほしくない。食べ物に対しても、いけんがだよ。成長していった自分の魂とかご先祖さんにしてもいけんがだよ」

「おばあちゃんはあんたたちの成長の段階は見られないけれども、普段の心がいちばん大事だっていうことをいま見ているから、おばあちゃんは心配しない。でも、ちゃんと成長したら、ご恩返しだけは忘れられんな。両親だけのご恩返しでないぞ。社会、自然、目に見えないところのご恩、返すんだぞ。そのために、人間界に生まれさせてもらったんだよ。ただただ、人間界に生まれ出たんでないぞ。おとうさんのせいだ、おかあさんのせいだ、社会のせいだって、そういうことをいう自分は、生きものを食べた、食べて生かされているのに反対のことになるんだぞ。絶対におばあちゃんのいまの心を忘れるべからず」

孫たちは「わかってます。ありがとう」と、そういいます。そして必ず神様にお礼して、仏様にお礼して、それからでないとものを食べません。東京で大学に行っている孫は、学校が終わって六時半に上野から列車に乗って、ここの家へ着くのは夜中の一二時になります。みんな休んでいても、ご先祖様と写真の前に座って「ただいま、無事に戻らせてもらいました。守ってもらってありがとうございます」と、ちゃんとお礼をします。私にはそれがとても嬉しいことです。

私は子どもの小さいときから、ものをいただくということについて、きちんとお礼の心をもつということを習慣にしてきました。ただ食べておいしいということではなく、これを食べるにつけては成長の段階でご先祖様の力もあれば、さまざまな自然の力もあるのだから、感謝して食べなくてはいけないということです。そして、それを食べて大きくなったからにはご恩返しというものをしなければいけないでしょう。他人に迷惑をかけないことも大切。他人に迷惑をかけたら、ご恩返しができないばかりではなく、いま食べてる食べ物に対して失礼にあたります。それはしっかりとちゃんと覚えておいてほしいと、小さいときから子どもたちに教えてきました。

縁があって人間として生まれたのだから、ただむざむざ（だらだら）と時を過ごすようではもったいない話です。人間に生まれてきて、二度と生まれでられない世の中だから、怠け心など起こさないように生きてもらいたいと思います。

二　袖振り合うも他生の縁

私がいま一緒に暮らさせてもらっている娘婿は、一生懸命に田んぼ仕事をしてくれます。彼が一度、ひとりで田んぼに出たことがあります。大変な思いをしたらしく、汗を流して帰って来ました。私はひとりで田んぼ仕事したときの話をしたこともありませんし、「馬耕」の大変さもこれまで話したこともありませんでした。ところが、自分ひとりで仕事を一日して帰ってきた婿は、「えらかったーっ。いまの、この仕事、おかあさん、みんなひとりでしてたんか。えらかったろう」という言葉を私にかけてくれました。

一生の中でこういう言葉を聞くことができるなんて、私は幸せ者だと思います。自分で体験したら、私の昔の仕事をちゃんと見抜いてくれました。「えらかった」とか「たいへんだった」などとひとことも言わなくても、わかってくれる人はわかってくれるのだと思いました。

若いときはひとりで田んぼで仕事をするのもさほど苦になりませんでしたが、年をとってくると転ぶと起きあがれなくなって、稲株やら草の根っこにつかまってやっと起きあがったり、立ち上がったかと思えば今度は機械を扱わなくてはならなかったり、往生することも増えてきます。ですから、田んぼ仕事が苦になることもなかったわけではありません。けれども、夫には夫の勤めがあるので、苦労だとは言えなかったのです。自分の仕事は自分の仕事。父は私のそういうど根性を知っていたようですね。これは「泣き言のいわん子」だと。だから、子どもの頃から年をとるまで、いつも働いていた人生だったと思いますが、その分、他人にはできない体験をいっぱいさせてもらったと思います。

着物にも裏と表があるように世の中も表と裏があるものです。裏を出していたら醜いけれども、表よりも裏にはよりいいものをもって人生を生きていかなければだめなのだと私は思っています。

寺の研修会の関係があって東本願寺へ行ったことがあります。最後の日に三日間の研修を受けた感想を何か言ってくれということになりました。代表ひとりだけというので、私のところへまわってこないと思って、原稿も何も書かずにいたら、もうひとり出てくださいと……。何も考えてないのに「ああ、弱ったなぁ」と思ったのですが、とにかく何か話さなければなりません。

昔、夫から文章の書き方を教えてもらったことがありました。「前の言葉、真ん中の言葉、最後の言葉、そういうものを話の中に組んであれば、それでみんなにわかる。真ん中のことを先に言うたり、先のことを真ん中にしたりしたら、何言うとるやらわからんもんで、それだけさえわかっとりゃいいもんじゃ」と教えてくれました。何でも書くときは「要」を入れて書くこと、自分の言いたいことをひとつ書けば、それでいいとも言われました。それで締めくくりも大事だと。あやふやなことで締めくくったら、せっかく言ったことがダメになるから、真ん中も大事だけれど、締めくくりも大事だと教えられました。

そこで、五分間、まずは夫の言ったように頭の中でまとめて、話を始めました。

昔、おばあちゃんおじいちゃんから、京都参りといえば素晴らしいもので、日常の仕事を一生懸命に続けていればやがては京都へ行くことができる、と聞いていた話。いっぺんでもお参りができれば人間は最高なんだ、という年寄りから聞いた話。当時六年生だった私の末娘が、義母の京都参りにつき添って行って、その土産話に「おかあさん、私は仏の子にさせてもらってきたよ」と聞かされた話。そして、きょうは子どものおかげで、またお舅さんたちのおかげで、本山に研修に参らせていただいた私でございます、というのが私の話の「要」です。最後はこれからも一所懸命に仕事を続けさせていただき、日常生活を修養の場として、これをもとに励ませてもらいます、とまとめました。

しばらくしたら、みなさんメガネをはずして、涙を拭いていらっしゃるので驚きました。私は原稿もないし、少しも考えなしにしゃべっただけなのに、涙を流して聞いてくださったのでした。帰ってきて、誰かが話したのでしょう、私の実家のお嫁さんに「京都行ってえらいうまいこと言ったそうな。みんなえらい感心して、本当にどんなに上手にうまいこと言われたかって、みんなえらいほめもんだったよ」と言われました。下書きも何にもしないで、ぶっつけで何を話そうかと思ったときに、ご先祖様が「お前、こう言いなさい」と教えてくれたのです。あれは私の声であって、本当はご先祖様の代わられた声だったのだと、私はそう思っています。

私を人間として生かしてくれた先祖、実家の先祖、石川の先祖、目に見えなくてもそういう人々のご加護は必ずあると思います。「私の心はこういう心だけれども、一生懸命に毎日、頑張っております。また応援してやってくださ い」と、心の中でひとりごとのように語りかけます。「たくさんの方に袖振り合わせてもらって、たくさんの方に出会わせてもらって、可愛がってもらっています。これも子どものおかげ、孫のおかげ、私はうれしいですよ」と感謝をささげます。南無阿弥陀仏といってすすんで手を合わせていく孫の姿を見るのは嬉しいものです。また、子どもの結婚のおかげでいろいろな方と親戚縁者にもなれました。これは自分だけの力ではできないことです。無数にある遠くからのつながりの人が、ここへ来て出会ったのだと私は思います。子どもたちが縁結びさせてもらって、また、ご先祖様とかご両親様とかそういう方に言葉をかけてもらえるのは、私を生かしていただいたおかげだと思います。「自分のいのちというものに対して最敬礼」です。

三　毎日がありがとう

自慢話になってしまいますが、私の孫たちはギターの上手な子、絵や工作のうまい子たちばかりです。なんでも手早く器用にこなすのは、ここにも父の血が流れているのでしょう。子どもたちも、孫たちもみんなそういうところをもらってきたのだと思います。だから、生かされている今日の日はただごとでない、目に見えないところの山ほどの力をみんなもらって人間に生まれてきたのだと思います。どんな人でも全部そういうものをもらって生きているのだから、早くそれに気づき、感謝しなければならないと思います。自分は自分であって自分でなかったのだ、見えない力がちゃんと私に注がれているんだということが早くわかるか、わからないかの差です。

この先、どんなことに出会っても、その日、その日の心構えが、迷わないで冷静な自分でいられる、そういう自分でありたいと思います。おどおどしたり、不満をもったり、そういうときの自分は日々の生活の中で鍛錬させられているのだと思います。また、そういうふうにして鍛錬されていかなくては、人間として生まれさせてもらったおかげに申し訳がないと思うのです。

いまはいない夫に、「私はこういうふうに思うのよ」とか、「こういう問題はこうであったらいいね」とか、「子どものおかげで今日もお話しできたよ」とか、よく話をします。「ああ、また説教はじまったかあ」、「きょうの講義、これで終わりか」などと笑われましたが、夫が勤めに出ている間に、いろいろの人に出会った話とか、ためになる話とか、「こういう話はおとうさんが勤めとる間に、耳にしとられんことだけど、私はおかげでこういう方にこういう言葉もきいたんだから、いま話しするね」といって、よく夫と話をするのです。

生前は、二人三脚でした。夫はどんなときでもパッと言葉を出すことはなく、ひとつ、大きく息をして、それから行動していました。それがみんなに少しずつ植えつけられていったと思います。すごく勉強をさせてもらったと思います。夫は、短気なところもありましたが、ひとつ呼吸をして、私の話も嫌がらずに聴いて（笑）、そして、いろいろなことを判断していました。

夫が亡くなったときに孫たちが手紙をくれました。「孫たちは、おじいちゃんが素晴らしい人生に残して行かれた心、行い、そういうものを、身体に脈々と残してもらっています」と……。そして、「おばあちゃんは石川の重心です」と書いてくれました。

夫は少しは家の片づけとか、蔵書の整頓などもしたいと言っていましたが、結局、死ぬまで他人のお世話に明け暮れたような日々でした。だから家はいまもそのまま。宝物がいっぱいあるし、本が好きだったので本もたくさんあるし、まだ誰も片づけることができないでいます。子どもたちが、何か小さいものを

外食にて。夫とフランス料理を食べているところ

家の庭より。夫の愛用していた自転車

建てておとうさんのものをそこにまとめたらいいねと言ってます。そのうち、それが実現できればと思います。

いまは、こうだねと話す夫もいなくなり、ひとりごとを言ってもかえってくる返事はなにもなし。でも、ひとりごとで、「きょうはこうだったよ、おとうさん。生きていたら喜んでくれただろうねえ」と、そんなことを私は毎日、語りかけています。

毎日がありがとう。私はいつまでもこう言って暮らしていきたいと思います。

おらが在所の小出の里は
東に立山、西に白岩川流れ
朝な夕なにきくお寺のかねは
昔も今も変わりなく
私は大自然にはぐくまれ生きている

〈完〉

著者プロフィール

石川 咲枝（いしかわ さきえ）

大正12年6月24日、富山県中新川郡上條村小出に生まれる。

村立上條尋常高等小学校卒業後、父に馬を使って田を耕すことを教えられる。

戦時下、男手の少ない折、女子馬耕伝習会で指導8年間県下を歩く。

結婚して石川姓となり、米作りに専念し、4人の子供を育てた。

本書を執筆した当時、79歳、主婦。

著書はほかに『101歳　一粒の籾よりお米さまのお命をいただいて』（2024年、文芸社刊）がある。

馬と土に生きる　改装版

2024年11月15日　初版第1刷発行

著　者　石川 咲枝
発行者　瓜谷 綱延
発行所　株式会社文芸社
〒160-0022　東京都新宿区新宿1－10－1
電話　03-5369-3060（代表）
03-5369-2299（販売）

印刷所　株式会社平河工業社

ISBN978-4-286-25511-8